MÄDELSABEND

HEART FALLS VIGNETTEN & NOVELLEN
BUCH 2

VIVIAN AREND

Übersetzt von
HELENA TAMIS

NACHRICHT VON VIVIAN

Nach dem glücklichen Ende gehen *ihre* Geschichten weiter.

Das Schöne, wenn man eine lange Familiensaga schreibt, ist auch, dass man Figuren wieder besuchen darf, die bereits ihr glückliches Ende erlebt haben. Einmal mehr begeben wir uns nach Heart Falls, nur dass wir diesmal in einigen Geschichten auch einen verstohlenen Blick nach vorne werfen.

Diese Sammlung enthält außerdem eine **brandneue** Kurzgeschichte über Walker und Ivy. Ich freue mich sehr, diesen wichtigen Moment ihres Lebens teilen zu können.

Seht erst in den Einleitungen der Geschichten nach, wo sie jeweils in die Zeitleiste der gesamten Reihe fallen, wenn ihr Spoiler für Bücher vermeiden wollt, die ihr noch nicht gelesen habt! Auf der nächsten Seite steht eine Lesereihenfolge, wenn ihr sicherstellen wollt, dass ihr alle Bücher bisher gelesen habt. Manchmal überschneiden sich die Geschichten zwar, sodass es sich nicht ganz klar sagen lässt. Außerdem bin ich ein bisschen zwischen den Reihen hin und her gesprungen, wenn euch also was entgangen ist, könnt ihr es jetzt nachholen!

Diesmal habe ich auch ein Personenverzeichnis eingefügt, damit man sich Orte und Namen in Erinnerung rufen kann.

Ich hoffe, diese Geschichten bringen euch zum Lächeln.

Alles Liebe von mir und euren Freunden in Heart Falls.

GLAMOUR & WAHRHEIT

Der Mädelsabend ist immer etwas ganz Besonderes. Diesmal wird Julia Blushing nicht nur die Gesellschaft genießen, sondern auch ein wenig lernen, wie sie ihren Kerl glücklich macht. Und als wir dann bis kurz vor Neujahr springen, erhält Zach Sorenson eine besondere Erinnerung daran, wie gut sie ihre Lektion gelernt hat!

Mit dabei: Hanna Ford, Tamara Stone, Karen Marlette, Lisa Coleman und Julia Blushing (also die vier Schwestern aus Whiskey Creek und Hanna aus *Ein Feuerwehrmann zu Weihnachten*).

Zeitleiste: Diese Szene beginnt während **Die verwegene Liebe des Cowgirls**

1

JULIA

November, Lone Pine Ranch

„Ich habe alles, was wir brauchen." Hanna Ford deutete auf den Stoff, der auf ihrem Wohnzimmertisch aufgestapelt lag. „Nur dass dieser Teil nicht gerade meine Stärke ist. Ich bin eher so ein aufgeräumtes Mädchen. Einen Saustall zu veranstalten, fällt mir etwas schwerer."

Julia Blushing lachte, während sie nach vorne trat, um ihrer neuen Freundin zu helfen. Seit sie im letzten April in Heart Falls angekommen war, hatte sie genug Zeit gehabt, um ihre Schwestern und einige der Frauen in der Gemeinde kennenzulernen.

Das Vorhaben am heutigen Mädelsabend versprach, ein Augenöffner zu werden, auf mehr als nur eine Art.

Vor einer Woche hatte Hanna Julia mit einbezogen und vorgeschlagen, dass sie ein Boudoir-Fotoshooting auf die Beine stellen. Sie hatten sich ausgedacht, wie sie die Session mit wenigen Mitteln durchführen konnten, indem sie als ihre eigenen Fotografinnen auftraten. Als sie eine E-Mail mit der Idee an alle in der Gruppe geschrieben hatten, zusammen mit einer Liste von Gegenständen, die sie dabeihaben sollten, war der Plan begeistert aufgenommen worden. Ein paar Mitglieder ihrer üblichen Gruppe schafften es nicht, aber diejenigen, die konnten, waren voll und ganz dabei.

Hannas Mann Brad hatte die Einzelheiten nicht erfahren, unternahm aber nur zu gerne an diesem Abend etwas mit ihrer Tochter, damit das Haus für den Schabernack leer stand.

„Um den Teil kann ich mich kümmern", versprach Julia. „Du kümmerst sich darum, den Rest der wichtigen Bestandteile zusammen zu sammeln."

„Du meinst Essen und Trinken? Das habe ich unter Kontrolle", sagte Hanna.

„Schenk mir dann einen Drink ein, denn ich glaube, wir brauchen alle etwas Stärkung, bevor wir anfangen." Julia nahm eines der Betttücher, die Hanna auf dem Tisch gelassen hatte, und begann es strategisch über ein paar Stühle zu legen und es als Hintergrund an die Vorhänge zu stecken.

Sie war kaum fertig, als Hanna ihr ein Glas mit etwas Fruchtigem und viel Eis hinhielt. „Da. Erdbeer-Mojito. Nicht sonderlich festlich, aber auch kein Tequila."

„Danke." Julia lachte, bevor sie den letzten Saum des Lakens zwischen zwei Stuhlkissen steckte, und dann nahm sie die flüssige Gabe an. Sie hob sie zu einem Trinkspruch. „Auf einen Abend, an dem wir alle so richtig erröten."

Hannas Wangen wurden gleich rosa. „So sieht es wohl aus. Aber da ich mir das selbst zuzuschreiben habe, kann ich es niemand anderem vorwerfen."

Bevor Julia etwas erwidern konnte, erklangen lautes

Hämmern und ein Ruf an der Eingangstür. „Hallo. Wir kommen dann rein."

Einen Augenblick später betraten Julias drei Schwestern gemeinsam das Zimmer, die Unterhaltung wurde so laut, als wären sie ein ganzes Dutzend. Tamara nahm Hanna in die Arme, Karen stellte eine Ladung Snacks ab, und Lisa ging direkt zu dem drapierten Stoff, die Hand in die Hüfte gestemmt, während sie ihn entschieden musterte.

„Fühlt euch ganz wie zu Hause", sagte Hanna ohne einen Hauch Sarkasmus. Die zierliche Frau war einfach so verdammt süß und unschuldig, was es noch viel witziger machte, dass sie diejenige war, die sich das Thema für den Abend ausgedacht hatte.

Lisa drehte sich im Kreis, rieb die Hände aneinander. „Ich kann nicht glauben, dass wir so lange gebraucht haben, um ein Boudoir-Fotoshooting zu machen. Ich freue mich so darauf."

„Das wird ein Spaß", stimmte Tamara zu, „aber schließen wir jetzt einen Pakt. Alle Bilder bleiben unter uns, außer wir entscheiden uns, sie rauszurücken."

„Auf jeden Fall." Hanna nickte ernsthaft. „Ein Teil des Grundes, weshalb ich keine Fotografin dazu geholt habe, war das Geld, aber selbst wenn keins von den Fotos, die wir auf dem Handy aufnehmen, toll wird, haben immer noch Spaß damit, etwas zusammen zu unternehmen."

Karen hatte die Karaffe mit Drinks gefunden und schenkte eine Runde ein. „Vertraut mir, die Wahrscheinlichkeit, dass wir am Schluss zumindest ein paar gute Bilder haben, ist riesig."

„Vergesst doch die Fotos", sagte Lisa mit übertriebener Betonung. „Ich meine, im Prinzip stimme ich zu. Wenn man bedenkt, wie toll das Ausgangsmaterial ist, werden die Bilder auf jeden Fall wunderbar werden." Sie deutete auf die Frauen um sie herum. „Aber der ganze Sinn hinter einem Boudoir-

Fotoshooting ist es doch, zu feiern, wie großartig wir sind, und dass wir auf jeden Fall die Sexyness in Person sind."

„In anderen Worten: Scheiß auf die Gesellschaft, die sagt, dass mein Körper nach der Geburt nicht mehr länger anbetungswürdig ist?", fragte Tamara mit einem Lächeln. Sie hatte sich auf dem Sofa niedergelassen, der Rest der Gruppe versammelte sich und machte es sich gemütlich.

„So ziemlich", stimmte Hanna zu.

„Ich möchte sagen, dass ich eine ziemlich gesunde Einstellung zu meinem Körper habe, und ja, ich freue mich darauf, das zu feiern. Aber ich suche auch nach einem guten Weihnachtsgeschenk für Finn. Denn diese Bilder werden nicht nur mich glücklich machen, sondern ich hoffe wirklich, dass eines oder zwei auch ihn beglücken", sagte Karen.

Tamara hob ihr Glas. „Halleluja, Hanna. Du hast mein Weihnachtsproblem gelöst. Unsere Männer werden dir später *alle* Danke sagen."

„Ups, wir werfen lieber Lisa raus", scherzte Karen. „Kein Mann."

Julia hielt den Mund. Sie und Zach waren zwar rein rechtlich verheiratet, aber ihre tatsächliche Beziehung war sehr viel komplizierter.

„Hört auf. Nur weil ihr beschlossen habt, dass ihr einen Ring braucht, heißt das nicht, dass Josiah und ich den antiquierten gesellschaftlichen Normen nachgeben müssen. Dass wir dauerhaft zusammen wohnen, ist wie ein Schritt jenseits der Ehe, denn keine Papiere verlangen, dass wir zusammen bleiben." Lisa neigte entschieden das Kinn, dann streckte sie die Zunge raus. „Da habt ihr es."

Ein leises Lachen tänzelte durch das Zimmer. „Einen Augenblick lang dachte ich, ich würde sagen, das war ein erstaunlich reifer gedanklicher Prozess, aber dann musstest du ja am Ende beweisen, wer du wirklich bist." Tamara schnalzte empört mit der Zunge und wich dem Kissen aus, das Lisa auf sie warf.

„Wo wir gerade bei Sex sind", setzte Lisa an.

Karen schnaubte, dann wischte sie sich über den Mund, während sie sich entschuldigte. „*Haben* wir über Sex geredet?"

„Früher oder später wäre es schon dazu gekommen", sagte Lisa pragmatisch. Sie beugte sich vor. „Nur damit ihr es wisst, da lebenslanges Lernen ein Ziel ist, das ich anstrebe, habe ich letzte Woche diese total unterhaltsame Webseite gefunden. WowYes."

Julia und die anderen hielten inne, während Lisa still wurde.

„Wir warten. Ein toller Podcast? YouTube? Eine Kochshow? Ach, Moment. Du hast Sex erwähnt." Julia tat so, als wäre sie schockiert. „Schickst du uns auf eine Pornoseite?"

„Ach, mir würde es doch nicht im Traume einfallen, euren Spaß zu ruinieren. Ich dachte nur, ich sage euch mal, dass ich eine Mitgliedschaft gekauft habe. Josiah und ich arbeiten gerade einige der Vorschläge ab, und das ist viel zu viel Information, aber heiliges Kanonenrohr, vorgestern Nacht bin ich vielleicht bei meinem Orgasmus in Ohnmacht gefallen."

Hannas Wangen glühten so rot, dass sie auch gut und gerne den ganzen Raum aufheizen konnten. „Ähm. Schön für dich?"

Tamara tätschelte Hannas Arm. „Es gibt doch alle möglichen Typen, meine Liebe, und Lisa ist auf jeden Fall ein *Extra*-Typ. Exhibitionismus, extrovertiert und extra offen."

„Hey, in diesem Witz komme ich vor." Lisa zwinkerte über ihren eigenen schlechten Scherz.

Tamara stellte ihr Glas entschieden ab. „Okay, jemand muss ja anfangen, und damit diese Show sich einem etwas weniger abgehobenen Thema zuwendet, melde ich mich freiwillig. Ziehen wir mich doch um."

Sie stand auf, nahm sich ihre extra große Handtasche vom Tisch und ging ins Bad.

„Irgendeine Vorstellung, wo du posieren möchtest?", rief Hanna ihr nach.

Tamara schaute über die Schulter zurück, ein schelmisches Lächeln blitzte auf. „Gehen wir in die Küche."

Sie verschwand außer Sicht, sodass Julia ein verwirrtes, aber glückliches Lächeln mit den drei übrigen Frauen wechselte.

„Na, das könnte interessant werden." Julia stand auf und holte ihr Handy heraus. „Hanna, hast du irgendwelche Vorschläge gefunden, wie man diese Fotos am besten aufnimmt?"

„Ein paar. Keine furchtbaren Requisiten benutzen. Auf den Winkel aufpassen, aus dem man die Fotos aufnimmt, damit es sich nicht anfühlt, als würde das Modell gleich umkippen. Die Bilder nicht von zu weit weg aufnehmen, aber auch nicht zu dicht rangehen. Man sollte versuchen, keine Körperteile abzuschneiden ..."

„Das ist immer ein guter Vorschlag, wenn man in der Küche Fotos macht", warf Lisa ein. Sie schob einen der Stühle am Küchentisch zur Seite, schaute sich mit einem nachdenklichen Blick in dem ordentlichen Kochbereich um. „Ich schätze, wir warten mal ab, um zu sehen, was Tamara so durch den Kopf geht."

Es dauerte nicht lang, bis die Coleman-Schwester Nummer zwei zurückkehrte, ihre dunklen Haare waren gerade über die Schultern gekämmt, ein kuscheliger Bademantel um ihren langen, robusten Körper gelegt. „Ich bin bereit für mein Debüt", scherzte Tamara.

Sie ging hinüber zur Spüle und wirbelte herum, legte die Hände auf die Arbeitsfläche hinter ihren Hüften.

Lisa hatte ihr Handy rausgeholt, schniefte aber

unzufrieden. „Süße, ich sage das nur ungern, aber in den Anleitungen hieß es, du sollst was zum Anziehen mitbringen, in dem du dich, du weißt schon, *glamourös* fühlst. So siehst du jeden Vormittag aus. Ich weiß das, weil ich sechs Monate lang bei dir gewohnt habe."

„Streich das. Wir haben jahrelang mit ihr verbracht, und so hat sie immer am Vormittag ausgesehen", verbesserte Karen.

„Nur nicht das eine Mal, als sie die Haarkatastrophe hatte." Lisa schüttelte den Kopf, eine entsetzte Miene zog über ihr Gesicht.

„Lieber Gott, das stimmt." Karens Körper erschauerte.

„Der Pony. Der Pony war einfach ..."

„O mein Gott, hört auf", sagte Tamara mit einem Lachen, schob ihre scharlachrote Brille ein wenig auf der Nase nach oben. Ihr Blick wandte sich an Hanna und Julia. „Ich würde mich für die beiden ja entschuldigen, aber sie unterliegen nicht meiner Verantwortung."

Hanna kicherte. „Ihr seid alle furchtbar zueinander. Aber es ist klar, wie sehr ihr es liebt, furchtbar zueinander zu sein. Das gefällt mir."

Tamara zwinkerte, dann klatschte sie entschieden in die Hände. „In Ordnung. Genug geschwätzt. Hier bin ich, feiere meine Großartigkeit sechs Monate nach der Geburt und ein paar Jahre, nachdem ich achtzehn geworden bin." Sie wandte den Blick zu Lisa. „Und ich möchte dich wissen lassen, ein Teil dessen, was mich stark und komplett fühlen lässt, ist die Tatsache, dass ich einen tollen Mann und unfassbare Kinder habe. Sie sind nicht, wer ich bin, aber sie haben einen Teil in mir erfüllt, der mich glücklich macht. Und der Bademantel am Morgen gehört dazu."

„Alles klar, Schwester", entgegnete Lisa begeistert. „Dann tob dich aus in deiner Robe."

Tamara holte ihr eigenes Handy heraus und ließ einen

Radiosender mit Country-Musik laufen. Sie legte es ein paar Schritte entfernt auf die Arbeitsfläche, bevor sie sich zu der Versammlung wandte. „Also los. Ihr sagt mir, wenn ich mich anders aufstellen soll, da ich nicht sehen kann, was ihr seht."

Sie ließ den Bademantel aufklaffen, während sie sich zurück an die Arbeitsfläche lehnte. Ihr Blick richtete sich irgendwo in die Nähe der Küchentür. Es sah aus, als hätte sie Blickkontakt mit einem ganz bestimmten Menschen aufgenommen – in ihrem Fall Caleb – mit dem sie gleich ganz versaut werden würde.

Unter dem Bademantel trug sie einen Push-up-BH und Boyshorts im gleichen Scharlachrot wie ihre Brille. Der Kontrast zwischen dem Bademantel und der Unterwäsche darunter zeigte zwei Seiten einer Münze. Eine Mom, die alles hinbekam, und eine Frau, die auf jeden Fall wusste, dass sie attraktiv für den Mann in ihrer Welt war.

Darauf folgten Gelächter, Pfiffe und Bewunderung und Wangen, die kein Make-up brauchten, um rosig zu strahlen. Julia half, die Bilder aufzunehmen, machte Vorschläge, wohin sich Tamara stellen und wie sie ihre Pose ausrichten sollte.

„Oh, sieh dir mal das an." Hanna kam vor und zeigte Tamara ihr Display.

„Verdammt. Das ist heiß. *Ich* bin heiß", sagte Tamara mit einem Grinsen, bevor sie Hanna ein High-Five gab. „Warte mal, ich möchte noch ein paar weitere ohne den Bademantel machen, aber ich denke, wir haben ein paar gute. Die werden Caleb sehr glücklich machen."

Zehn Minuten später war Tamara zurück in ihrer Jeans und ihrem T-Shirt und blätterte durch die Bilder auf Karens Handy, während sie darauf warteten, dass Lisa zu ihnen kam.

„Ach du liebe Zeit." Hannas geflüsterte Worte hingen in der Luft.

Drei Köpfe fuhren herum, um festzustellen, dass Lisa ins

Wohnzimmer marschierte, als wäre sie auf einem Mode-Laufsteg. „Gefällt es euch?"

„Wie zum Teufel brichst du dir nicht die Knöchel?", wollte Tamara wissen, deutete hinab auf etwas, das wohl Zehn-Zentimeter-Absätze in glänzendem Schwarz waren, die Lisas Füße zierten.

Julia hatte eine dringendere Frage. „Wie zum Teufel fällst du nicht aus diesen Stofffetzen?"

Lisa wackelte mit den Schultern, und die Streifen aus Schwarz, die über ihre Brust gingen und einen BH imitierten, flossen mit ihren Bewegungen, als wären sie aufgemalt. „Doppelseitiges Klebeband", gestand sie.

Sie drehte sich im Kreis, zeigte ihren schwarzen kurzen Rock und die Netzstrümpfe. Dann zückte sie den letzten Teil ihres Kostüms – einen Federwisch.

„Du bist sexy und bringst mich zum Lachen", gestand Karen. „Ich hatte keine Ahnung, dass du Fantasien hast, ein französisches Zimmermädchen zu sein. Wolltest du deswegen auf Reisen gehen?"

„Still", sagte Lisa mit einer äußerst würdevollen Stimme. Dann zwinkerte sie. „Ich bin da bei Tamara. Ich glaube, ein Boudoir-Fotoshooting ist eine tolle Art, um das Selbstbewusstsein zu feiern, aber es ist auch eine echt gute Gelegenheit, was Schönes für meinen Typen zu tun. Und auf das Risiko hin, euch wieder zu viel Information zu geben, dieses Outfit wird Josiah sehr glücklich machen. Ich mache gerne Sachen, die ihn zum Lächeln bringen, in allen Teilen unserer Beziehung."

Wärme strömte durch Julia. Der Abend hatte damit begonnen, dass sie gedacht hatte, wie schön es war, ihre Schwestern und ein positives Frausein zu feiern, aber ganz ehrlich – in ihren Gedanken war Zach.

Die ganze Situation zwischen ihnen war zweieinhalb

Monate lang eine Achterbahnfahrt gewesen. Es dauerte immer noch, bis sie die Bedingungen erfüllt hatten, die sie aneinanderbanden, aber es war kein Problem, Zeit mit ihm zu verbringen.

Zu hören, wie Lisa und Tamara so nebensächlich über Dinge sprachen, die ihre Typen glücklich machten, ließ sie an Zach denken. Die Dinge, die er gemacht hatte, um ihr in ihrer sich verändernden Welt zu helfen. Ihr zu helfen, sich ihren Herausforderungen zu stellen.

Was würde *ihn* glücklich machen?

Julia schob ihre Gedanken einen Augenblick lang zur Seite und stürzte sich wieder in den Abend. Sie machte Fotos von Lisa und dann Karen, die nicht mal das Zimmer verließ, um sich für ihr Shooting fertigzumachen.

Das älteste der Coleman-Mädchen ließ sie allerdings in die Scheune in der Nähe gehen. „Wir brauchen das richtige Ambiente im Hintergrund." Karen löste die obersten Knöpfe ihres Flanellhemdes und lehnte sich zurück an das grobe Holz einer Pferdebox.

Ein himmelblaues Unterhemd war zu sehen. Je länger sie die Bilder machten, desto mehr Knöpfe öffnete Karen langsam, während sich ihre Lippen zu einem geheimen Lächeln wölbten.

Als sie die Knöpfe ihrer Jeans öffnete und das Flanellhemd ganz auszog, wedelte Hanna mit der Hand vor dem Gesicht. „Wow. Ihr seid echt alle gefährlich. Und heiß. Ich meine, hier drin ist es heiß, oder?"

Gelächter hüpfte um sie herum.

„Oh, Dankeschön." Karen zwinkerte. „Okay, Hanna. Bist du bereit, uns zu zeigen, was du hast?"

Hanna presste sich die Hände an die Wangen und nickte dann entschlossen. „Wenn es euch nichts ausmacht, würde ich die Fotos gern in meinem Schlafzimmer machen."

Die vier Schwestern wechselten Blicke, bewegten sich aber mit erstaunlicher Zurückhaltung, die Scherze waren vorübergehend etwas harmloser. Es war klar, dass Hanna etwas vorhatte und entschlossen war, es durchzuziehen, ganz gleich, wie verlegen sie war.

Als sie im Schlafzimmer aus dem Bad kam, trug sie ein weißes Männerhemd, offensichtlich von Brad, und sonst nicht viel.

„Hanna." Tamara sprach leise von dort, wo sie an der Tür des Schlafzimmers versammelt standen. „Du bist sehr schön."

Hannas Augen funkelten. Sie hatte ihre dunklen Haare über eine Schulter gelegt, ihre Wangen waren leuchtend rot. „Vielen Dank. Jetzt, bevor ich die Nerven verliere, sollten wir anfangen."

Sie stieg auf das Bett und saß dann erst einmal eine Weile anständig da. Die Beine zusammen, die Hände um die Knie gelegt. Es dauerte etwas, aber langsam entspannte sich Hanna. Öffnete ein paar Knöpfe, umarmte das Kissen vor sich, bevor sie sich streckte und lächelte, als wäre Brad gleich da.

„Du siehst toll aus", versicherte ihr Julia, und sie plauderten während der nächsten geschäftigen Augenblicke locker weiter. Schließlich nickte sie Hanna zu. „Ich habe ein paar tolle Bilder geschossen."

„Ich auch. Willst du sonst noch was, Liebes?", fragte Tamara.

Hanna drehte sich auf die Knie. Sie zögerte, das kühle Selbstvertrauen, das sie angehäuft hatte, verschwand hinter ihrer Röte. „Ich möchte, dass jemand ein Bild macht – ich kann nicht glauben, dass ich das sage – während diejenige auf dem Bett liegt."

„Du willst, dass sich eine von uns hinlegt?", fragte Karen.

Hanna kniff die Augen zu, während sie nickte. Sie holte

bebend Luft, dann flüsterte sie ganz schnell: „Brad mag es, wenn ich oben bin. Ich will ihm ein solches Bild schenken."

Es war ein Augenblick solcher reiner Aufrichtigkeit und ein Geständnis, so erfüllt von Liebe, dass es nicht peinlich war, die geteilte Intimität zu hören.

Lisa hatte sich bereits bewegt, legte sich auf den Rücken, ihr Handy bereit. „Brad ist ein echt glücklicher Mann."

Hanna holte tief Luft, ihre Verlegenheit verblasste, während reine, aufrichtige Bewunderung sie ersetzte. „Er ist mein Herz. Er ist mein alles."

Im Zimmer wurde es still, während Lisa die Bilder machte.

„Okay, ich hab's. Nein, warte, nur noch eines." Lisa griff neben sich und schnappte sich ein Kissen, bevor sie sich hochstemmte und die kuschelige Waffe mit lautem Gelächter auf Hanna schwang. „Kissenschlacht."

Das kleine bisschen Anspannung, das ins Zimmer geschlüpft war, verschwand, und während Kissen geschwungen wurden und das Lachen anschwoll, stahl sich Hanna weg und zog sich an.

Als sie sich ihnen im Wohnzimmer wieder anschloss, gab sie jedem eine riesige Umarmung, bevor sie das Kinn hob. „Wir werden einfach alle vergessen, was hier gerade passiert ist, oder?"

Karen schüttelte den Kopf. „Wir werden darüber nie wieder reden, aber ich vergesse es nicht. Hanna, meine Liebe, du warst bereit, dich verletzlich zu zeigen, um Brad etwas zu schenken, das ihn sehr glücklich machen wird. Du hast mir ein Exempel der Liebe gezeigt, und ich werde versuchen, das zu leben, wenn es um Finn geht."

Hanna nickte schwach, kämpfte gegen Tränen. „Okay. Aber wir sind fertig damit, darüber zu sprechen, oder? Julia ist dran."

So viele Dinge rasten durch Julias Gedanken.

„Es wird nur kurz dauern, um mich fertigzumachen", versprach sie. Wie Karen war sie schon vorbereitet, trug bereits ein sehr einfaches Outfit.

Nur als sie ihren Pulli auszog, um das weiße Tanktop darunter zu enthüllen, konzentrierte sie sich nicht auf die Bilder, die sie machen wollten.

Sie wollte das Bild für sich. Was wollte *Zach*? Was sollte er *wirklich*?

Julia hatte eine ziemlich gute Vorstellung von der einen Sache, die ihn glücklich machen würde. Es war etwas, das er niemals erwarten würde, und doch ...

Sie war bereit, es zu versuchen.

Nachdem der erste Teil des Abends durch war, endeten sie im Wohnzimmer, scrollten durch die Bilder auf ihren Handys und teilten die besten. Gelächter und Gemeinschaftssinn und ein tiefes Gefühl der Verbundenheit hatten den Abend außergewöhnlich werden lassen.

Aber die Frage in Julias Kopf blieb. War sie bereit, Zach etwas zu geben, das ihn wirklich glücklich machen würde?

2

ZACH

Eineinhalb Monate später. 31. Dezember, Red Boot Ranch.

Zach wachte auf, war kurzzeitig desorientiert. Er schob sich im Bett hoch, seine Hand glitt über die Kuhle in den Laken neben ihm.

Die Stelle, an der normalerweise Julia lag, war noch warm. Und wenn man bedachte, dass die Laken zurückgeschoben und nicht ordentlich gemacht worden waren, was ihr überhaupt nicht ähnlich sah, hoffte er, was immer sie aus ihrem gemütlichen Rückzugsort getrieben hatte, war nur vorübergehend.

„Jules?"

Ohne irgendwelche Deadlines außer einer Familienversammlung heute Abend gab es keinen Grund, dass sie nicht den ganzen Vormittag träge sein konnten. Tatsächlich hatte Julia etwas dergleichen versprochen, als sie spät am

Vorabend aus Hawaii zurückgekommen waren, weshalb es doppelt enttäuschend war, dass sie jetzt weg war.

Die Tür öffnete sich einen Spalt breit.

„Du solltest doch noch schlafen", beschwerte sie sich, bevor sie sich mit der Schulter voran ins Zimmer schob, zwei Kaffeetassen in der Hand.

Zach richtete sich auf, streckte sich, um ihr zu helfen. „Ich will doch genießen, was immer für einen Schabernack du heute Vormittag geplant hast."

„Dann sollte dich das aufwecken", sagte sie mit einem Lächeln. „Guten Morgen."

Er nahm ein paar große Schlucke von seinem Kaffee, dann seufzte er zufrieden. „Verdammt, das ist gut."

Julia lehnte sich nach oben an die Kissen, bevor sie die Laken über ihren Schoß zog, den Rand der Decke perfekt gerade ausrichtete. Dann nahm sie sich ihre eigene Tasse und trank auch.

Zach beäugte sie. Irgendwas war los. „Was hast du gemacht?"

Ihre Augen wurden über der Tasse groß. Sie senkte sie, ganz unschuldig und schüchtern. „Ich? Wovon redest du denn da?"

O nein. Er hatte nicht nur die letzten vier Monate damit verbracht, Julia sehr intensiv kennenzulernen, sondern dieses Prickeln in seinem Bauch war wieder da. Sorgsam stellte er seine Tasse zur Seite, bevor er nach ihren Fingern griff und trotz ihrer Protestrufe auch ihre Tasse stahl.

„Hey, damit bin ich noch nicht fertig."

Er stellte sie neben seine auf den Seitentisch, dann rollte er sich zu ihr. Kniete über ihr, während ihre Gesichter auf einer Höhe waren. „*Julia.*"

Sie schnaubte, ihre Hand ging nach oben, um ihren Mund zu bedecken.

Er würde wohl die großen Geschütze auffahren müssen, um sie zum Beichten zu kriegen. So sollte es also sein. Zach schlug die Bettlaken zurück, nahm sie an der Hüfte und zog sie einen halben Meter im Bett nach unten. Sie lachte, während die Kissen wegsprangen, und er am Ende ihren Körper unter seinem festsetzte.

„So viel also zu einem entspannten Vormittag im Bett mit einem Kaffee und einem Buch", beschwerte sich Julia.

„Sag mir, was für Geheimnisse du mir vorenthältst." Er streifte mit den Lippen die Seite ihres Halses und knabberte an ihrem Ohrläppchen, bis sie bebte.

„*Zach.*" Ihre Stimme war rau geworden, ihre Atmung ging ungleichmäßig. „Ich habe ein Geschenk für dich."

Er summte glücklich, schob das Tanktop zur Seite, das sie trug, um eine süße Brust zu enthüllen. „Ich liebe es. Genau das habe ich mir gewünscht", sagte er, bevor er ihr gleich danach einen Kuss auf die Haut drückte.

Julias Beine schlangen sich um ihn, ihre Finger strichen durch seine Haare. „Du bist furchtbar. Aber hör nicht auf. Das echte Geschenk kannst du später haben."

Da war sich Zach nicht so sicher. Sie war in seinem Bett, seufzte süß und keuchte in den richtigen Augenblicken, ließ sich von ihm berühren, sich lieben, sich befriedigen ...

Ein echteres Geschenk als das gab es nicht.

Trotzdem, als sie es schließlich aus dem Bett schafften und am Küchentisch wieder zusammenfanden, nahm Julia ein eingepacktes Geschenk und stellte es vor ihm ab.

Er beäugte es verwirrt. „Es ist nicht mehr Weihnachten oder mein Geburtstag. Und wenn man bedenkt, dass ich zum Geburtstag genau das bekommen habe, was ich wollte – dich –, was ist dann das?"

Sie rümpfte die Nase. „Weißt du noch den letzten Mädelsabend, auf den ich gegangen bin?"

Und wie. „Ich werde es niemals vergessen."

Er zwinkerte. Dieser Abend hatte für sie Sex zu einer Möglichkeit werden lassen und zu so viel mehr geführt.

Julia deutete auf das eingepackte Geschenk. „Es hat sich nicht richtig angefühlt, das zum Haus deiner Eltern auf Hawaii mitzunehmen. Ich habe mich sowieso unwohl damit gefüllt, es dir zu schenken, aber jetzt, da es ein *uns* gibt, will ich, dass du es bekommst."

Ohne weiteres Zögern wickelte Zach einen Bilderrahmen mit einem Foto aus, bei dem sein Mund trocken wurde und sein Herz Sätze machte.

Es führte auch zu Reaktionen in anderen Körperteilen.

„Heilige Scheiße, das ist großartig." Er schaute auf. „Du bist so verdammt sexy."

Einen Augenblick lang flatterten ihre Wimpern, nicht, weil sie es vorspielte, sondern als wäre sie echt zufrieden mit seiner Reaktion. „Mir gefällt, wie es geworden ist, und ich wollte es mit dir teilen."

Auf dem Foto hatte sie die Finger in die Hosentasche gesteckt, die Fußknöchel übereinandergeschlagen, während sie an einer robusten Holztür lehnte, die aussah, als wäre sie schon seit der Jahrhundertwende da. Ausgeblichene blaue Jeans schmiegten sich an ihre Beine, die gleiche zu sündiger Weichheit verblasste Jeans, die ihn schon zum Sabbern gebracht hatte, bevor sie auch nur zusammengekommen waren.

Ein weißes Tanktop schmiegte sich an ihre Kurven, ihre Haare waren über die Schultern gelegt. Sie schaute direkt in die Kamera, als würde sie die Welt herausfordern. Diese Haltung war höllisch sexy, daran gab es keinen Zweifel.

„Gebe ich zu, dass ich ein Tier bin, wenn ich dir sage, dass ich deine Nippel sehe und im Moment steinhart bin?" Zach schaute über den Tisch.

Julias Lippen wölbten sich nach oben. „Ich habe meinen

BH ausgezogen, und in dem Raum war es etwas kühl. Sehr ungeplant, und doch, ja, ich stimme zu. Ich fühle mich wie eine Göttin, wenn ich mir dieses Bild ansehe."

Zach war schon aus seinem Stuhl heraus, das Bild sorgsam auf dem Tisch abgestellt.

„Du bist eine Göttin. *Meine* Göttin." Er nahm Julia hoch in die Arme und küsste sie, verehrte ihre Lippen genauso, wie er alles an ihr verehren wollte, mit allem an ihm, für all die kommenden Jahre.

Endlich lösten sie sich. Julia war um ihn geschlungen, lächelte zufrieden. „Frohes neues Jahr, Liebling."

Das würde es werden. Sie mussten neun Monate auf ihre Hochzeit warten, und es würde Herausforderungen und weitere Dinge geben, die sie lernen mussten. Aber solange sie es zusammen machten, mit Freunden und Familie an ihrer Seite, würde alles funktionieren.

Er lehnte seine Stirn an ihre und schaute ihr in die Augen. „Frohes neues Jahr, meine Liebe."

FALLS IHR NIE GELESEN HABT, was *nach* diesem Mädelsabend passiert, holt euch DIE VERWEGENE LIEBE DES COWGIRLS.

ASHTONS GEBURTSTAGSÜBERRASCHUNG

Ashton Stewart genießt es, seinen Neffen nun ganz auf der Silver Stone Ranch zu haben. Vielleicht kann Ashton ja nun mehr Energie in das Lösen des Rätsels stecken, wie er mit dieser Frau umgehen soll. Dieser unmöglichen Frau, die ihn so leicht in den Wahnsinn treibt. Sonora Fallen.

Nur dass nicht einmal ein Abend, an dem er mit Freunden seinen Geburtstag feiert, sie aus seinen Gedanken vertreiben kann. Insbesondere, da Sonora auch Pläne hat.

Mit dabei: Ashton Stewart, Tucker Stewart, Luke Stone, Josiah Ryder, Gary Silver (Automechaniker und Dad aus *Ein Soldat zu Weihnachten*) und andere. Außerdem Sonora Fallen.

. . .

Zeitleiste: Diese Geschichte spielt im Januar während **Die Liebe des Ranchers.**

1

ASHTON

15. Januar, Heart Falls

Ashton Stewart funkelte seinen besten Freund an. „Was erzählst du mir nicht?"

Der steife Sitz im Truck schüttelte sie heftig durch, als Gary ein Schlagloch erwischte, denn der Schnee war nicht tief genug, um die grobe Kiesfläche zu glätten. Er ließ den Blick nach vorne gerichtet, aber auf seiner Miene blitzte Erheiterung auf. „Keine Ahnung, wovon du redest."

„Lügner."

Gary Silver drückte sich eine Hand auf die Brust, während er mit der anderen das Lenkrad festhielt. „Du verletzt mich."

„Das mache ich, wenn ich muss", knurrte Ashton.

Sein Freund schnaubte. „Das könntest du versuchen."

Himmel, sie klangen so schlimm wie Ashtons Neffe, der mit den Stone-Jungs raufte. Obwohl diese Jungs inzwischen in ihren Dreißigern und Vierzigern waren. Die verdammte Zeit verging.

Was genau das war, was sie heute feiern sollten. Die vergehende Zeit. Genauer gesagt, Ashtons Geburtstag. Das hätte heißen sollen, dass er bestimmen durfte, aber bei seinen Freunden gab es da keine Garantien.

Als Gary nicht an der richtigen Stelle abbog, um zum Rough Cut zu fahren, wo er Billardspiele und Biere erwartete, seufzte Ashton einfach und lehnte sich zurück, verschränkte die Arme vor der Brust. „Was hast du vor?", murmelte er. „Es ist mein Geburtstag. Ich glaube, ich habe zumindest eine Vorwarnung verdient."

„Weil du nicht mehr so schnell im Denken bist?", scherzte Gary. „Wie gut, dass du Tucker dazu geholt hast, um dir bei der Arbeit zu helfen. Du bist schon so lange dabei, man wird dich raus auf die Weide zu diesen verrenteten Pferden stellen."

„Warum sind wir noch mal befreundet?", fragte Ashton grummelig.

„Weil es dir gefällt, wenn Leute dir das Leben zur Hölle machen, und du wirklich enttäuscht bist, dass das nicht mehr so oft passiert." Garys leises Lachen hörte auch nicht auf, als Ashton ihm eine Faust in die Schulter stieß.

Inzwischen waren sie an allen Abbiegungen in die eigentliche Stadt von Heart Falls hinein vorbei, was vermutlich bedeutete, dass sie eine längere Fahrt in eine der Nachbarstädte unternahmen. „Ich hoffe, du erinnerst dich, dass du mir ein Geburtstagsessen versprochen hast", drängte Ashton seinen Freund. „Am besten irgendwann in der nächsten Stunde."

„Vertrau mir."

Als Gary das nicht weiter ausführte, schüttelte Ashton den Kopf und widerstand dem Drang, sich so zu beschweren, wie es eines der Kinder von Silver Stone getan hätte.

Stattdessen lehnte er sich zurück in den gemütlichen Trucksitz. „Dein neues Fahrzeug gefällt mir", sagte er zu Gary. „Vielleicht muss ich mich mal umschauen, um auch was Besseres zu kriegen."

Das vertraute erheiterte Grollen trieb wieder von seinem Freund herüber. „Ja, die Sitzheizung ist ziemlich nett für unsere fossilen Körper."

Man musste nur Gary vertrauen, um gleich auf den Punkt zu kommen.

Ashton nickte. „Verdammt richtig. Wenn wir uns schon mit Wintern in Alberta rumschlagen müssen, können wir uns doch auch was gönnen, das den Schmerz in den alten Knochen lindert."

Du bist derjenige, der glaubt, er wäre alt.

Die Worte – in einer frechen, nervenzermürbenden, das Gehirn zermarternden trägen Frauenstimme gesprochen – trieben viel zu leicht durch Ashtons Gedanken.

Die Quelle der Neckerei? Sonora Fallen. Ashtons Nummer eins ...

Nervensäge? Verführerin?

Gab es wirklich eine Möglichkeit, festzulegen, was sie einander bedeuteten, ohne eine Tabelle und einen freien Nachmittag?

Nicht zum ersten Mal war Ashton dankbar um die gesellige Stille zwischen ihm und seinem besten Freund. Das machte es leicht, aus dem Fenster auf die vorbeiziehenden Schneefelder zu starren und seine verworrenen Gedanken treiben zu lassen, denn das war das eine Thema, das er vermied, bei irgendwem anzusprechen.

Sonora konnte in Sachen körperliche Reaktionen genauso mühelos ein Lächeln auf sein Gesicht zaubern wie seine schlechte Laune aufflackern lassen.

Zu sagen, dass sie eine komplizierte Beziehung hätten, wäre gelinde ausgedrückt.

Gott sei es gedankt, dass es heute Abend nur um einen Rückzugsort mit seinen Jungs ging. Das brauchte man als Mann, besonders, wenn die Frauengesellschaft um ihn herum nicht so friedlich und geschmeidig war. Obwohl Ashton vorhatte, irgendwann herauszufinden, wie er Sonora und sich zum Funktionieren brachte, ohne dass die ganze Zeit die Laune mit ihnen durchging, war dieser Tag nicht heute.

Gary fuhr langsamer, bog vorsichtig in eine unerwartete Zufahrt ab.

Ashton beugte sich vor, schaute die viel befahrene Straße hinauf. „Brauchst du was von Josiah Ryder?"

„Ja."

Ashton dachte einen Augenblick nach, dann seufzte er wieder schwer. „Verdammt sollen doch diese Jungs sein. Darum haben sie in der letzten Woche dauernd in den Winkeln der Scheune geflüstert."

Gary hob locker die Schultern. „Davon weiß ich nichts, aber wir haben unser Ziel für heute Abend erreicht." Er schaute schnell zu Ashton, bevor er sich wieder auf die Straße zum Heim des örtlichen Tierarztes konzentrierte. „Keine Sorge. Ich habe sie versprechen lassen, sie sollen nichts machen, wozu Kerzen auf einem Kuchen gehören, oder Stripperinnen oder irgend so ein Mist."

Als ob. Ashton kicherte. „Ja. Ich würde ja total drauf stehen, zu sehen, wie du Lisa Ryder Stripperinnen in ihrem Haus erklärst."

„Oh, sie hat sich eher Sorgen darum gemacht, dass fünfundsechzig Kerzen ihren Brandmelder losgehen lassen", scherzte Gary.

Ashton hob eine Hand und zeigte seinem Freund den

Vogel. „Man möchte meinen, als Geburtstagskind kriegt man etwas mehr Respekt."

„Ich weiß nicht, warum ich jetzt damit anfangen sollte."

„Du Esel." Doch Ashton sagte es liebevoll.

So unerwartet dieser Dreh bei seiner Geburtstagsfeier auch war, als er durch die Tür kam und feststellte, dass das ganze Wohnzimmer voller Männer aus der Gemeinde war, sowohl aus seiner Generation als auch der seines Neffen, fühlte es sich sehr zufriedenstellend an.

Sein Neffe sprach mit dem Tierarzt, und sowohl Tucker als auch Josiah traten vor, um ihn zu begrüßen.

„Alles Gute zum Geburtstag, Onkel Ashton."

„Alles Gute zum Geburtstag, Ashton", wiederholte Josiah, dann deutete er mit der Hand am Wohnzimmer vorbei in die Küche, wo der Tisch vollgeladen war. „Ich habe sie versprechen lassen, nicht zu singen, also fangen wir doch mit etwas zu essen an ..."

„Und was zu trinken", fügte Tucker hilfreich hinzu.

Josiah neigte das Kinn. „Auf jeden Fall was zu trinken. Es ist Zeit, dass die Party beginnt."

Die nächste Stunde war so ziemlich das, was Ashton sich gewünscht hätte, hätte er einfach vortreten und die bestmögliche Art nennen können, um zu feiern. Das Essen war einfach, aber lecker, mit Burgern und Pizza und einer riesigen Menge Snacks mit vielen Kalorien. Alles war es total wert, trotz der Tatsache, dass er vermutlich in den nächsten paar Tagen mehr trainieren musste, um gut in Form zu bleiben.

Er hielt sich allerdings lange an seinem zweiten Drink fest. Chicken Wings, die konnte er wieder verbrennen. Er war aber nicht sicher, was diese Hooligans machen würden, wenn er sich zu viel hinter die Binde kippte.

Alle bewegten sich durch den Raum, wechselten Plätze, um immer wieder mit neuen Leuten zu plaudern. Ashton behielt seine Erheiterung für sich, als ihm klar wurde, dass er an seinem Platz gehalten wurde, während alle anderen die Plätze wechselten und regelmäßig Snacklieferungen an seinem Ellbogen ablegten.

Einer seiner regelmäßigen Kumpel vom Billardabend saß im bequemen Sessel um die Ecke von ihm, die Fußstütze hochgefahren und ein Bier in der Hand. James seufzte glücklich. „Verdammt schön von dir, im Januar Geburtstag zu haben. Es war ein toller Grund, um mal rauszukommen."

Ashton grinste. „Habe ich nur für dich gemacht, James."

James wedelte mit der Hand. „Aber natürlich." Plötzlich lehnte er sich vor, etwas sehr viel Teuflischeres trat auf sein Gesicht. „Ich glaube, wir sollten uns für den Rest der abendlichen Unterhaltung zusammentun."

Okay ...

Ashton beäugte seinen Freund. „Was verrätst du mir da nicht?"

James grinste. „Du erwartest doch nicht von uns, dass wir nur nach einem Burger und einem Bier mit dem Feiern aufhören, oder?"

Scheiße. Jetzt kann der Teil des Abends, wo Ashton nicht sicher war, ob er die Energie unter Kontrolle behalten konnte. Er schaute sich im Raum bei den über zwanzig Männern um und rechnete sich das Risiko aus, dass der Abend schief lief. „Irgendwas, wozu ich die Polizeirufnummer einspeichern muss?"

Ein lauter Lachanfall brach aus James hervor. „Vertrau uns", sagte er ganz ernst.

Ashton beäugte ihn trocken. „Echt? Das sagst du, ohne das Gesicht zu verziehen?"

Bevor James etwas erwidern konnte, trat Tucker vor. Er klatschte in die Hände, um die Aufmerksamkeit aller auf sich zu ziehen. „Wenn ihr alle ordentlich vollgestopft seid, füllt euch euren Drink nach, und wir gehen zur offiziellen Herausforderung des Abends über."

Herausforderung?

Ashton lehnte sich in seinem Sessel zurück und verschränkte die Arme vor der Brust. „Du denkst doch nicht etwa, dass wir so Kinderspielchen machen, wo wir den Schwanz an den Esel stecken oder so was?"

Ein lautes Johlen kam unter den versammelten Männern auf. „Ich habe doch gesagt, dass ihm nichts entgeht", rief Luke Stone, der mit dem Finger vor Ashtons Neffen wackelte.

Na, verdammt. Ashton hatte doch nur gescherzt.

Er stand auf und ging zu Tucker, der darauf wartete, ihn weiter ins Haus hineinzuführen. „Ich hoffe, du weißt, was du tust", warnte Ashton Tucker.

„Deinen Geburtstag auf eine Art feiern, die man niemals wieder vergessen wird", erklärte ihm Tucker fröhlich.

Oben an der Treppe nahm Ashton zwei Stufen auf einmal in den Raum und blieb dann stehen, versuchte, alles zu erfassen. Er war schon mal in diesem offenen Raum gewesen, vor Jahren, aber heute Abend, da die Sonne schon unter den Horizont gesunken war, war es nicht der fantastische Ausblick draußen aus den Fenstern im ersten Stock, der seine Aufmerksamkeit auf sich zog.

Nein, es war das halbe Dutzend Tische, das im Raum aufgestellt war, mit Stühlen an jedem davon. In der Mitte eines jeden Tisches stand eines von Josiahs alten Kinderbrettspielen.

„Komm schon. Sehen wir mal, worin ich dich als erstes schlagen kann." Gary deutete auf einen Tisch in der Nähe, auf dem ein vertikales Tic-Tac-Toe-Brett aufgestellt war.

Darauf folgte völliges Chaos.

Lachen und lautes Brüllen wurden zum Standard an diesem Abend. Auf einem Tisch stand das klassische Rock'Em Sock'Em Robots, und die Männer, die mit dem Blue Bomber und dem Red Rocker spielten, hätten auch auf die Boxweltmeisterschaft wetten können, wenn man nach dem Jubel ging, der vom Tisch aufstieg.

Das Einzige, was lauter war als die Rufe von diesem Tisch, waren die von dem Tisch, wo der Krieg um die Kampfkreisel tobte. Lukes Kreisel hüpfte über den Rand der Arena hinaus und landete in Tuckers Bier, und die beiden brüllten, aber aus verschiedenen Gründen.

Josiah hatte sogar Jenga und Kerplunk herausgeholt, wozu ruhigere Hände nötig waren, als die von Männern, die sich schon ein paar Bier genehmigt hatten.

Eine Stunde später war Ashtons Gesicht schon ganz verspannt, weil er so viel grinste. Es war lächerlich, wie viel Spaß sie damit hatten, diese albernen Kinderspiele zu spielen, besonders nachdem bereits die ersten Minuten bewiesen hatten, dass im ganzen Raum kein Mann war, der es für nötig befand, irgendeinen Machoscheiß von sich zu geben.

Oh, es gingen schon einige ziemlich intensive Wettkämpfe vonstatten, aber nichts, zu dem es gehörte, sich in die Brust zu werfen, wütend zu fluchen oder direkt zu raufen.

Nicht, dass diese Männer nicht dazu fähig gewesen wären, die Fäuste fliegen zu lassen, aber nachdem er seine Tage damit verbrachte, sicherzustellen, dass das auf Silver Stone nie passierte, war es schön, mal Pause zu haben.

Er und Tucker traten gegen Luke und Caleb Stone im Tischfußball an, und das konnte man nur als Kampf auf Leben und Tod nehmen. Die Hände an den Stäben, drehten und kickten und brüllten sie und benahmen sich wie Kinder, die zu viel Zucker bekommen hatten.

Alles in allem dachte Ashton, dass es eine verdammt gute Geburtstagsfeier war.

Später am Abend machte er mal Pause von den aktiveren Spielen. Das bedeutete aber nicht, dass er mit

Samthandschuhen angefasst wurde. Ashton schüttelte den Kopf, als sein bester Freund den Todesstoß lieferte.

„Ha, B8, und damit habe ich gewonnen." Gary stieß die Fäuste in die Luft und brüllte. „Sag es. Sag es laut."

„Du hast mein Schlachtschiff versenkt." Ashton erhob sich, schlug Gary auf die Schulter, während er zu den Stufen ging. „Halte das Fort für mich. Ich muss mal etwas Luft schnappen."

„Mache ich." Gary beäugte den Raum, dann winkte er einen der jüngeren Männer heran, während sie eifrig das Spielbrett wieder aufbauten. „Sei bereit, erniedrigt zu werden."

Ashton lachte auf dem ganzen Weg nach unten leise.

Ein Augenblick der Ruhe war gut nach der Aufregung und dem Lärm der Party. Er blieb stehen, um sich in der Küche etwas Wasser zu holen, starrte aus dem Fenster, immer noch ein albernes Grinsen im Gesicht. Er hatte gute Freunde. Gute Leute um sich herum, und trotz aller Dinge, die er nicht hatte, war er glücklich, seine fünfundsechzig Jahre auf der Erde feiern zu können.

Draußen auf Josiahs Hof bewegte sich eine geisterhafte Gestalt hinter einem Baum hervor. Ein schmales Wesen, in Stoff geschlungen, der im Winterwind flatterte.

Ashton runzelte die Stirn, ging rasch zur Küchentür, die hinaus auf die Veranda führte. Was um alle Welt hatte Lisa Ryder draußen in der Kälte zu suchen, so angezogen?

Als er den Rand der Veranda erreichte, eilte die Gestalt die Rampe hoch, die zum Kinderbaumhaus führte, ein schwaches Glühen, das nach Kerzenschein aussah, leuchtete aus den Fenstern.

Was zum Geier? Ashton schaute hinab auf seine Hausschuhe und beschloss, dass die vorerst gehen mussten. Vorsichtig lief er über den harten Schnee zur nächsten Treppe, ging hinab in den Hof. Der Schnee knirschte leicht unter seinen Füßen, während er zum Baumhaus huschte, die eiskalten Temperaturen des Januars schlangen sich mit eisigen Fingern um ihn.

Auf seinem Handy summte eine Nachricht, und er hielt nur kurz inne, um es herauszuholen und auf den Bildschirm zu sehen.

Sonora.

eiskalten Temperaturen des Januars schlangen sich mit eisigen Fingern um ihn.

Auf seinem Handy summte eine Nachricht, und er hielt nur kurz inne, um es herauszuholen und auf den Bildschirm zu sehen.

2

SONORA

Sonora wusste genau, was sie Ashton zu seinem Geburtstag schenken wollte. Sie waren beide alt genug und kannten einander gut genug, um zu wissen, dass Dinge nicht immer die richtige Antwort waren.

Wenn man bedachte, dass ihre Beziehung manchmal eng war und manchmal weniger – ha! Es überhaupt eine Beziehung zu nennen, war schon ziemlich gewagt.

Nein. Sie hatten auf jeden Fall eine Beziehung, doch nach all den Jahren war es immer noch unmöglich, ihr einen Namen zu geben. Irgendeine Art Freundschaft. Geheime Liebende, das bestimmt. Hartnäckiges Ärgernis stimmte auch.

Aber obwohl ungeklärt war, was sie hatten, verdienten es Meilensteine trotzdem, gefeiert zu werden. Sonora hatte sich das zu einer Lebensregel gemacht, und jetzt würde sie damit nicht aufhören.

Tuckers ausgeklügelte Pläne, die Geburtstagsparty seines Onkels an sich zu reißen, um einen Männerabend zu veranstalten, waren genial. Was war schon dabei, wenn es sich dadurch ein bisschen schwieriger gestaltete, Ashton sein Geschenk zu geben?

Sie war noch nie jemand gewesen, der sich vor einer Herausforderung scheute.

Sie hatte drei Runden gebraucht, um alles, was sie benötigte, in das Baumhaus hinaus zu bringen, und das lag nur daran, dass sie Lisa überredet hatte, eine Schlüsselkomponente schon früher am Tag dort unterzubringen, was sie logistisch selbst gar nicht auf die Beine hätte stellen können.

Das hatte bedeutet, dass sie Lisa einweihen musste, aber die jüngere Frau schien ohnehin bereits alles zu wissen, was in der Gemeinde vorging – auf die eine oder andere Art.

Lisa wusste auch, wie man den Mund hielt, ein Talent, das Sonora zu schätzen wusste. Besonders, während sie und Ashton ihren anscheinend endlosen Tanz weiterhin durchführten.

Eines Tages würden sie es hinkriegen. Hoffentlich.

Und zwar lieber bald, verdammt noch mal.

Sonora zündete mit einem Streichholz die Kerze neben sich an und griff nach ihrem Handy. Ashton eine Zeit lang allein zu erwischen, war der einzige Teil des Abends, bei dem sie sich nicht sicher war.

Es war alles schön und gut, dem Mann eine Überraschung zu bereiten, aber da sie ihn kannte, hatte er sein Handy vielleicht auch gut und gern zu Hause gelassen oder ihm war der Saft ausgegangen. Ashton und Technik war ein nervenstrapazierendes Thema.

Doch sie konnte einfach nicht genug von ihm kriegen.

Sie holte tief Luft, schob ihren Frust zur Seite und hoffte auf das Beste.

> Sonora: Alles Gute zum Geburtstag. Hast du Spaß?

Sie starrte auf ihr Handy, wartete, um zu sehen, ob sie irgendeine Reaktion erhielt.

Draußen quietschte Holz. Sie riss den Kopf hoch, als die Tür des Baumhauses aufschwang, und da war er. Ashton mit einer Falte zwischen seinen Augenbrauen, während er sie betrachtete.

„Sonora? Was zum Teufel geht vor?"

Sie schaute auf ihr Handy, dann wieder zu ihm auf, einen Augenblick lang völlig verwirrt, bevor sie die Erheiterung traf. „Na, ich hoffe, dass ich nächstes Mal auch so eine schnelle Reaktion bekomme, wenn ich schreibe."

Er schloss die Tür hinter sich, ging leicht in die Hocke, da das Dach des Baumhauses niedriger war als seine 1,90 Meter. „Was machst du denn hier?"

Ihr Blick huschte um den fünf mal fünf Meter großen Raum, während sie auf die Knie kam und nach seiner Hand griff. „Ich warte, damit ich dir dein Geburtstagsgeschenk überreichen kann."

Sie zog, und die unerwartete Bewegung ließ ihn in die Knie gehen, auf die Luftmatratze neben ihr, wo er leicht schwankte, als er ums Gleichgewicht kämpfte.

„*Sonora.*"

Er verlor den Kampf, als sie an seiner Schulter schob und sich dann rasch bewegte, um sich rittlings auf ihn zu setzen. Sie lächelte hinab, als sie die Überraschung und dann die Hitze bemerkte, die in seinem Blick lagen. „Ich weiß. Du hast eine Geburtstagsfeier mit deinen Freunden. Mir liegt es fern, dich zu stören."

Seine Hände ruhten auf ihrer Hüfte, und seine Miene wurde erheitert. „Die Tatsache, dass du hier bist, mit etwas, das nach einem Bett aussieht und fragwürdigen Absichten, ist doch der Inbegriff von Stören."

Sonora presste Ashton die Hände in die Brust, legte sich

über ihn und ließ ihre Haare um sein Gesicht fallen, wählen sie näher rückte. Näher, bis ihre Lippen seine streiften. „Fragwürdige Absichten? Ich hatte gehofft, die wären ziemlich eindeutig."

Er ließ eine Hand ihren Rücken hinaufgleiten, um seine Finger in ihre Haare zu schieben. Einmal kurz zog er, und er hatte den Winkel so ausgerichtet, dass er sie küssen konnte. Die Lippen fest an ihren, während er die Kontrolle übernahm. Die Hitze zwischen ihnen stieg so intensiv und schnell an wie immer.

Einen Augenblick später rollte er sie herum.

Sonora schaute zu dem Mann auf, der ihr so viel bedeutete, doch immer noch auf der anderen Seite einer unbegreiflichen Grenze stand. Sie würden eine Möglichkeit finden, daran vorbeizukommen, aber im Augenblick hatten sie eine Deadline vor sich.

„Alles Gute zum Geburtstag, Cowboy. Reiten wir."

3

ASHTON

Ashton blieb unten an den Stufen stehen. Er holte ein paar Mal tief Luft, bevor er auf die Party zurückkehrte, die immer noch voll im Gange war. Der Spiegel im Gang zeigte ihm eine Miene auf seinem Gesicht, die sehr viel entspannter war als vor einer Stunde.

Einen Mann, der gerade etwas Unerwartetes bekommen hatte, aber etwas köstlich Gutes.

„Da bist du ja." Gary kam die Stufen herunter, ein Funkeln in den Augen, während er mit leeren Bierflaschen in den Händen jonglierte. „Ich habe endlich den Jungs den Billardtisch entrissen. Bist du bereit, etwas Geld zu verlieren?"

„Ist doch mein Geburtstag. Du weißt, dass ich dir den Hintern versohle", erwiderte Ashton, während er vorgriff, um Gary mit seiner Last zu helfen, bevor er noch etwas fallen ließ.

Gary erwiderte den Scherz. Die beiden waren im Nu wieder oben, inmitten der lauten, aufgedrehten Versammlung. Es gab keine Fragen, wo Ashton während der letzten Stunde gewesen war, da die Party ohne ihn genauso gut weitergelaufen war.

37

Es war ein erinnerungswürdiger Geburtstag. Selbst, dass er heftig gegen Gary und James verlor, konnte Ashton den Abend nicht verderben.

Als es an der Zeit war, Gute Nacht zu sagen, zog Ashton seinen Neffen zu einer Umarmung heran, dann klopfte er ihm fest auf den Rücken. „Das war ja eine krasse Idee, aber es hat sich als Volltreffer erwiesen."

„Im Hause Ryder kann man doch immer Spaß haben", sagte Josiah, als er heraufkam, um auch Gute Nacht zu sagen. Ganz kurz fragte sich Ashton, ob der junge Mann eine Ahnung hatte, was genau im Hinterhof des Hauses Ryder vorgefallen war.

Nur dass nichts als ein unschuldiges Lächeln auf Josiahs Gesicht stand, als er Ashton die Hand schüttelte. „Ich weiß es zu schätzen."

„Jederzeit."

Ashton ging zurück hinaus in die Kälte und stieg in den Truck neben seinen Freund. Sie grinsten einander an wie kleine Kinder, bevor Gary den Gang einlegte und ihn nach Hause fuhr. Zurück auf die Ranch, wo Ashton tiefe Wurzeln und eine gute Familie besaß.

Sie waren fast zurück bei Ashton, als Gary die Stille brach. „Wirst du dich in nächster Zeit mit Sonora treffen?"

Ein Bild von ihr früher am Abend stieg auf, die Haare auf dem Kissen ausgebreitet, die Wangen rosig, die Lippen angeschwollen von seinem Kuss. „Irgendwann."

Sein Freund gab ein leises Geräusch von sich. „Also gut. Ich weiß, dass du nicht drüber reden willst. Aber eines Tages, Stewart, wirst du eine Entscheidung treffen müssen, was du mit dieser Frau anfängst. Ich hoffe, das wird eine kluge Entscheidung."

Ashton starrte aus dem Fenster auf die Lichter von Silver Stone, die sich auf dem verschneiten Boden spiegelten, und eine Landschaft aus Sternen auf jeder Ebene schufen. Es war ein schöner Ort, ein Ort, an dem er lange zu Hause gewesen war. Ein Ort, an dem noch ... *etwas* fehlte.

Jemand?

Eine Entscheidung, was er wegen Sonora anfangen sollte? Ashton schien es, als hätte er schon in den letzten fünfzehn Jahren versucht, die zu treffen.

Eine kluge Entscheidung? Im kommenden Jahr würde er es auf jeden Fall versuchen.

～

MÖCHTET IHR HERAUSFINDEN, wie Ashtons und Sonoras Geschichte endet, dann ist EIN RANCHER ZU WEIHNACHTEN das letzte Buch der Reihe Weihnachten in Heart Falls.

SCHABERNACK AUF DER FEUERWACHE

Zum Mädelsabend gehören immer Gelächter und Freundschaft, aber dieses Mal gibt es Änderungen in letzter Minute. Wegen der extrem niedrigen Temperaturen wird Madison Zhaos Babyparty einfach mit der Versammlung der Männer in der Feuerwache zusammengelegt. Das Endergebnis ist eine Überraschung für Ryan, die er nie vergessen wird.

Mit dabei: Madison, Ryan und Madisons Babybauch. Außerdem die meisten Figuren aus der Reihe Weihnachten in Heart Falls und Ginny Stone, Tucker Stewart und Luke und Kelli Stone.

Zeitleiste: Diese Geschichte spielt fast sofort nach **Ein Cowboy zu Weihnachten.**

1

MADISON

29. *Dezember, Heart Falls*

Nach nicht mal einer Minute Laufzeit in dem Video kam Gelächter unter den Freundinnen auf, aber Madison winkte ab. „Still. Wer hat die Liste mit allem, was wir brauchen? Brooke, hast du das aufgeschrieben? Hanna?"

„Ich gehe zurück." Yvette ließ den Mauszeiger über den Bildschirm gleiten und ging in dem YouTube-Video ein wenig zurück. „Bereit?"

Brooke zückte ihren Stift, als wäre er ein Schwert. „Der Schabernack wird sogleich geplant."

Yvette drückte auf Play, und die vier Frauen beugten sich alle begierig vor, um das Anleitungsvideo zu schauen.

„Gazebinden mit Gips. Der kommt auf nicht gebrochene Körperteile. Ich sehe schon, wie dieses Projekt in der Zukunft alle möglichen Schwierigkeiten hervorruft." Hanna wurde ein wenig rosa im Gesicht.

„Außerdem Vaseline. Oder Kakaobutter. *Hmmm.*" Madison biss sich auf die Unterlippe, um zu verhindern, dass sie einen versauten Kommentar abgab.

Zum Glück war Brooke mehr als nur bereit, es an ihrer Stelle zu tun. „Euch ist klar, an dieser Stelle würden die Jungs sagen, dass sie mitmachen dürfen sollten. Ihre *eigenen* Körperabdrücke anfertigen. Obwohl ich bezweifle, dass sie ihren Bauch als das fragliche Körperteil vorschlagen würden. Ähm."

Ein Kichern ging durch den Raum.

Madison und ihre Freundinnen bereiteten sich auf ihren Mädelsabend vor, der diesen Monat eine Mischung aus einer Zusammenkunft und der Feier kurz vor der Ankunft des Babys war. Und obwohl sie wegen der Ankunft des Babys irgendwann in den nächsten paar Wochen aufgeregt war wie sonst noch was, wollte Marathon wirklich, dass die Versammlung für sie *alle* war, und nicht nur sie im Mittelpunkt der Aufmerksamkeit stand.

Trotzdem hatte sie eine durchaus um Madison kreisende Bitte, von der aber alle was hatten. Was der Grund war, dass ihre Freundinnen sogar jetzt schon halfen, ein witziges, denkwürdiges Ereignis zu recherchieren und planen.

„Die Damen machen Abdrücke von ihrem Bauch und ihren Brüsten. Die Typen machen Abdrücke von ihren Sch..." Das Wort war in Yvettes Gekicher nicht zu verstehen. „Mir das vorzustellen, ist ziemlich gefährlich."

Brooke schaute weiter, las sich die an Anweisungen durch. „Da steht, nachdem wir die Binden auf dem Oberkörper angebracht haben, dauert es zwanzig bis dreißig Minuten, bis sie ganz trocknen." Ihre Augenbrauen gingen hoch. „Ich frag mich schon. Hält ein Typ das so lange durch, ohne dass er weiterhin ... Aufmerksamkeit erhält?"

Ihr Grinsen war ansteckend. „Du bist so schlimm“, sagte Madison kichernd.

„Braucht ihr da drin noch was?“ Madisons Mann Ryan steckte den Kopf um die Ecke in das Babyzimmer, wo die Frauen sich versammelt hatten.

Yvette drückte sich eine Hand auf den Mund. Hannas Wangen wurden tiefrosa.

Nur Brooke behielt ihr freches Grinsen auf. „Wir sollten Ryan unsere brennende Frage stellen. Er weiß das vielleicht.“

„Was weiß ich?“, fragte Ryan ganz unschuldig.

„Ach, egal“, sagte Madison mit einem Lachen, stieß Brooke in die Schulter. „Du bist furchtbar.“

„Sie ist furchtbar, doch wir lieben sie.“ Ryan wirkte amüsiert. „Ich sollte es ja besser wissen, als in ein Zimmer zu kommen, wenn ich in der Unterzahl bin. Kommt zurück ins Wohnzimmer, wenn ihr fertig seid. Die Mädchen haben das erste Blech Kekse fast gebacken.“

„Viel länger dauert es nicht mehr“, versicherte ihm Madison und gab ihm einen Luftkuss.

Es dauerte ein paar Minuten, bis zwei eine Einkaufsliste erstellt hatten, während die anderen zwei Nachrichten verschickten, um eine vorläufige Anzahl derer festzulegen, die sich dem Event anschließen wollten.

„Wir haben ein Ja von Kelli, Rose und Tansy. Ginny sagt, vielleicht.“ Hanna reichte ihr die Liste rüber.

„Also Materialien für acht.“ Brooke nickte. „Ich bin morgen in Calgary. Mack und ich holen alles, was wir brauchen.“

Hanna wirkte ein wenig besorgt. „Meint ihr, wir können den Abdruck alle am selben Tag machen? Das wird etwas Platz brauchen, und so, wie es klingt, könnte es dreckig werden, es ist also keine Aktivität fürs Wohnzimmer.“

Brooke wedelte mit der Hand. „Wir treffen uns am

Sonntagnachmittag, da können wir die Autowerkstatt nehmen. Dort ist es um diese Jahreszeit ziemlich leer, und ich bin sicher, meinem Dad macht es nichts aus. Ich hänge ein paar alte Vorhänge vor die Fenster, damit wir völlig ungestört sind."

Madison lachte, während sie sich dem Rest von ihnen in der Küche anschloss, der warme Geruch nach Erdnussbutterkeksen brachte sie zusammen. Sie ging langsam, das schwere Gewicht ihres Bauches mit dem Baby fühlte sich weiter unten an als üblich. „Privatsphäre wäre gut, wenn man bedenkt, dass wir uns bis auf die Unterhose ausziehen und uns mit Gips einschmieren."

Ihre Wahltochter Talia kam angelaufen. „Umarmung für das Baby", verlangte die Zwölfjährige.

Madison stand still und gestattete es sich, in die Arme des Mädchens genommen zu werden. Sie legte dem Mädchen eine Hand auf den Kopf und lächelte, als Talia sich hinabbeugte, um zu ihrem Bauch zu flüstern. Talia hatte mit der Angewohnheit angefangen, gleich nachdem sie gehört hatte, dass sie eine große Schwester werden würde, und Madison musste jedes Mal, wenn es dazu kam, gegen Glückstränen ankämpfen.

Die restliche Zeit verging schnell, bis ihre Freundinnen mit dem Versprechen durch die Tür gingen, sich zu melden, und mit einer Menge Aufregung für das tatsächliche Treffen am 2. Januar.

Nur als der Sonntagvormittag kam, hatte Ryan am Frühstückstisch eine viel zu besorgte Miene auf. „Liebling, ich will dir ja nicht den Spaß verderben, aber das Wetter hat sich zum Schlimmeren gewandelt."

Sie hatte aus dem Fenster geschaut. Am vorigen Tag war der Schnee stundenlang leise gefallen, so richtig hübsch. Bevor sie ins Bett gegangen waren, lag frischer Schnee in dicken

Schichten über dem Garten, häufte sich auf den Zaunpfosten an wie winzige Heuhaufen.

Jetzt peitschte der Wind im Kreis, im ganzen Süden Albertas herrschten Schneesturm-Zustände. „Wir werden doch nicht draußen sein. Das ist schon in Ordnung."

Er schüttelte den Kopf. „Mack und ich haben uns gestern Abend unterhalten, als die Temperatur so plötzlich gefallen ist. Der Laden wird nicht warm genug für euch sein, um euch auszuziehen und klebrige Streifen auf euch zu legen. Nicht ohne das Risiko, dass jemand krank wird."

Enttäuschung machte sich breit. „Ich schätze, ich muss was anderes mit meinen Freundinnen anfangen. Du wirst mir aber helfen müssen, denn ich will ich diesen Bauchabdruck machen, während ich noch so dick und glamourös bin. Und hoffentlich haben diese Tage trotzdem bald ein Ende."

Er beugte sich vor und küsste sie. „Du bist immer wunderschön und glamourös, und natürlich helfe ich dir. Aber ich habe einen anderen Vorschlag. Mack und ich haben bei Brad nachgefragt, und er sagte, ihr könntet die Feuerwache für euren Mädelsabend nutzen. Oben im Gemeinschaftsbereich. Da ist es warm, die Böden sind leicht zu reinigen, und jeder weiß, wie man hinkommt." In seinen Augen funkelte der Schalk.

Die Hoffnung kehrte zurück. „Danke, dass du dich um uns kümmerst. Ich freue mich so sehr, dass wir damit weitermachen können."

Er wackelte vor Talia mit den Augenbrauen. „Was ich deiner Mom nicht erzählt habe: Während sie Zeit mit ihren Freundinnen verbringt, darfst du Zeit mit deinen verbringen. Willst du mit uns zur Feuerwache kommen?"

Talia jubelte aufgeregt.

„Du gehst auch hin?" Madison hatte plötzlich einen Geistesblitz von dem ziemlich riskanten Gipsabdruck, den

Brooke vorgeschlagen hatte, und musste ein Grinsen unterdrücken.

Er warf ihr einen Blick zu. „Es hat fast minus zwanzig Grad, und das ist noch ohne Wind. Ich lasse dich nirgendwo hingehen, nicht ohne mich. Nenn mich doch einen Höhlenmenschen, aber wenn du willst, dass das jetzt stattfindet, bin ich dein Fahrer."

„Also gut." Sein zufriedenes Seufzen war es wert, dafür zu kapitulieren.

„Mack fährt Brooke. Und Brad bringt Hanna und die Kinder hin. Alex sagt, er und Yvette werden bei Buns and Roses vorbeischauen und die Schwestern abholen. Und Ginny – na ja, ich weiß nicht, wer von ihnen tatsächlich fahren wird, aber Tucker sagt er, Luke und Kelli werden auch da sein, außerdem bringen sie Emma mit, damit sie mit Talia spielen kann."

Madison lachte. „Du sagst also, ihr habt heute auch eine Versammlung von euch Typen. Mit den Kindern, ja?"

„Mit den Kindern", versicherte er ihr. „Die hängen bei uns rum, und ihr Damen werdet alle Privatsphäre haben, die ihr euch wünschen könnt."

Es war eine wunderbare Lösung.

Während sie sich bereitmachten, um früh am Nachmittag aufzubrechen, konnte sie ihm seine Vorsicht kaum zum Vorwurf machen. Ihr Wintermantel ließ sich um den Bauch nicht mehr schließen, und als Ryan mit dem Minivan rückwärts aus der Garage fuhr, brüllte der Wind draußen so laut, dass ihre Nerven ganz durcheinandergerieten.

Das Innere der Feuerwache war warm und eine vertraute Umgebung für die meisten von ihnen. Madison ließ ihren Mann und seine Tochter zurück auf dem unteren Geschoss der Wache, die anderen Kinder spielten bereits neben einem der Feuerwehrautos.

Die freiwilligen Feuerwehrleute, die sie bemerkten, grinsten und winkten, während sie vorbeiging, aber die meisten waren eher auf das Puzzle konzentriert, das auf dem Tisch lag. Nur eine kam rüber, um sie zu begrüßen.

Charity Gruzing zwinkerte fröhlich. „Habt Spaß. Falls wir rausgerufen werden, könnt ihr alle gern bleiben und fertigmachen. Brad hat mir versichert, dass genug Leute hier sind, also könnt ihr euch entspannen und den Abend genießen."

„Danke. Das höre ich gern." Madison bot ihr das Päckchen an, das sie zu Hause zusammengestellt hatte. „Hier. Als Dankeschön, dass ihr uns euren gemütlichen Raum überlasst. Ich habe euch Plätzchen gebacken."

Charity leckte sich über die Lippen und brummte zustimmend. „Das halten wir geheim nur zwischen uns beiden, oder?"

„Du versteckst Plätzchen vor uns?" Der erheiterte Ruf erklang von einem der anderen Freiwilligen. „Danke, Maddy."

„Ich danke *euch*", sagte Madison über die Schulter, während sie sich in den hinteren Raum begab.

Jubel kam auf.

Ihre ganzen Freundinnen waren bereits versammelt, und Madison tat ihr Bestes, um geschmeidig vorzutreten und sich ihnen anzuschließen. Ihr Versuch hatte keinen großen Erfolg. Es fühlte sich an, als hätte das Baby seit heute Vormittag die Position verändert, und sie konnte nur noch vorwärtsgehen wie ein Cowboy, der tagelang im Sattel gesessen hatte.

Brooke und Yvette grinsten breit, schauten einander an, bevor sie Madison zum Ehrensessel geleiteten. Dem, der mit Ballons und Girlanden verziert war.

„Setz dich, und ich hole dir was zu trinken", befahl Brooke, die immer noch breit grinste.

Madison warf ihr einen bösen Blick zu. „Ihr habt über mein Watscheln gesprochen, oder?"

„Ja", gab Brooke zu. „Weil ich niemals jemanden watscheln gesehen habe, der so süß aussieht wie du. Nicht einmal Hanna, als sie mit Drew schwanger war."

„Das stimmt", sagte Hanna. „Ich bin so klein, es sah aus, als würde ich jeden Moment umkippen. Brad hat damit gedroht, mir Kissen überall am Körper mit Klebeband zu befestigen."

Brooke nickte. „Was mich angeht, ich erwarte auf jeden Fall, dass ich stampfe wie ein Elefant. Und das wird nicht süß."

Erheitert beobachtete und plauderte Madison, während ihre Freundinnen die Gipsbinden zurechtschnitten. Sie genoss einen Teller mit Leckereien, die Tansy mitgebracht hatte, lehnte aber den Saft ab. „Wenn wir das mit dem Gips bald machen, trinke ich nichts. Ich muss doch sowieso schon alle fünf Minuten aufs Klo."

„Dann geh da mal hin, und wir fangen an." Ginny klatschte in die Hände. „Wir arbeiten im Team. Die Tücher und Binden sind alle bereit, und Tansy und ich werden das Wasser vorbereiten."

Madison kam von der Toilette zurück und setzte sich auf ihren Stuhl. Hanna, Ginny und Rose waren auch in der ersten Runde, die vier Stühle waren mit dem Rücken zur Mitte hin aufgestellt.

„Privatsphäre, aber reden können wir noch." Hanna neigte das Kinn. „Gefällt mir."

Obwohl es Madison relativ egal war, ob alle ihren Bauch sahen, machten sie Abdrücke vom ganzen Oberkörper, was bedeutete, dass sie irgendwann ihren BH ausziehen mussten. Wenn es bedeutete, dass es ihnen allen behaglicher war, war es für sie okay, Rücken an Rücken zu sitzen.

Ihr Bauch spannte sich an, das Baby drückte protestierend dagegen.

Yvette lächelte, während sie sich neben Madisons Stuhl kniete. „Da zappelt aber jemand ganz schön."

„Ich hoffe nur, dass nicht wieder beide Füße an meinen Rippen landen und es einen Stepptanz gibt. Oder auf meiner Blase", sagte Madison.

„Legen wir los. Denn wir haben ja deine Blase als Deadline, die wir schlagen müssen."

Sie bedeckten ihren Bauch mit einer dicken Schicht aus Vaseline, bevor Yvette anfing. Das Wasser war warm, und jeder Streifen, den sie in einem Kreuzmuster über Madisons Bauch legte, prickelte leicht.

Das Baby zappelte, schien aber zum Großteil an Ort und Stelle zu bleiben, besonders, als der Abdruck sich sofort zu verhärten begann.

„Das fühlt sich sehr seltsam an", bemerkte Rose. „Als hätte ich freiwillige Bauchmuskeln, die gerade loslegen."

„Mich erinnert es an Übungswehen", sagte Hanna.

„Ja." Madison drehte den Kopf dorthin, wo Brooke an Hannas Abdruck arbeitete. Brooke war ganze vierzehn Wochen schwanger. „Die wirst du lieben. Ich hatte sie in den letzten zwei Wochen. Ich habe Ryan angeboten, auf mir zu trommeln, weil sich mein Bauch so angespannt hat. Wie ein unfreiwilliger Sit-up, der Überstunden macht."

Der Feueralarm ging los, und Madison spannte sich an.

„Atme, Süße", warnte Yvette. „Kelli, willst du mal loslaufen und nachsehen, was passiert, bevor unsere Babymama hier noch aus der Haut fährt?"

„Kein Problem." Kelli legte Ginny eine Hand auf die Schulter. „Hör bloß auf, zu versuchen, dir selber die Streifen aufzulegen. Ich bin gleich zurück."

Der Alarm ging in dem Augenblick aus, als Kelli den Raum verließ.

Madison holte tief Luft und stieß sie langsam auf. „Charity

hat gesagt, dass sie heute Abend voll besetzt sind, also können wir gern weitermachen.“

„Auf jeden Fall“, sagte Yvette. „Bereit für den nächsten Schritt – also schau nicht nach unten. Ich mache dir die Brüste.“

Madison und der Rest kicherten, aber die Aktivitäten nahmen wieder zu. Besonders als Kelli wieder hereinschoss und an ihre Arbeit zurückkehrte. „Die Typen sagen, alles ist gut. Der Pumpwagen ist rausgerufen worden zu einem Unfall am Highway. Keine Verletzten, aber ein Tanklastzug ist von der Straße abgekommen und in den Graben gefahren. Die Abschleppwagen wollen Verstärkung, falls was schief geht.“

Immer noch gefährlich, aber eine kontrollierte Situation war besser als ein richtiges Feuer. „Ich schicke positive Gedanken an alle, die draußen beim Einsatz sind“, sagte Madison leise.

Die Musik im Hintergrund wurde wieder lauter, und knappe fünfzehn Minuten später begannen die Ankündigungen.

„Wir sind fertig“, sagte Tansy. „Rose hat nicht so viel Bauch wie Madison. Ach, und auch nicht so viel Brust.“

„Du bist eine echte Nervensäge“, murmelte Rose, doch sie lachte. „Dreh meinen Stuhl um, damit ich alle sehen kann, während ich trockne.“

„Fast fertig“, rief Kelli. „Ginny hat dreimal so viel Brust wie Rose.“

„Du machst echt nur Ärger, was?“, bemerkte Ginny zu ihrer Schwägerin. „Ich habe viermal mehr, wenn du es schon genau nehmen willst.“

„Meine armen Brüste fühlen sich angegriffen“, warf Rose ein.

„Wie gut, dass du Rüstung für sie hast.“ Das kam von Hanna, während Brooke ihren Stuhl umdrehte.

Die vier, die derzeit mit Gips bedeckt waren, warfen einander Blicke zu, und im ganzen Raum erklang Gelächter. Während der Gips sie alle von der Hüfte bis zum Schlüsselbein bedeckte, waren Kuhlen und Ausbuchtungen in äußerst unterschiedlichen Größen zu sehen.

„Ihr seht alle toll aus", behauptete Yvette. „Und ja, ihr seid alle ganz unterschiedlich gebaut, aber die Unterschiede sind schön. Es ist toll, den menschlichen Körper so zu feiern."

Madison stimmte völlig zu. Der Gips kühlte sie, und inzwischen fühlte es sich an, als hätte sie auf dem Bauch und der Brust einen Schildkrötenpanzer. Sie spähte über die Rundung ihres Bauches zu Brooke. „Das müssen wir bei dir noch mal machen, wenn du kurz vor der Entbindung stehst."

„Das gibt sicher einen tollen Vergleich." Die Frau schaute auf die Uhr. „Will jemand Snacks? Ihr könnt euch nicht groß bewegen, aber an Plätzchen könnt ihr schon knabbern."

Nur als man das Tablett Madison anbot, lehnte sie ab. Sie war nicht sicher, ob es der kurze Adrenalinrausch vom losgehenden Alarm war, oder ob es eines dieser Schwangerschaftsdinge war, aber sie hatte keinen Appetit mehr.

Tatsächlich wurde der Abdruck, der auf ihrem Bauch trocknete, äußerst unbehaglich. So sehr, dass sie es bedauerte, dass ihr die Idee überhaupt erst gekommen war.

„Wie lange noch?", fragte sie leise Yvette, während die Mädchen weiter plauderten.

Yvette beäugte sie. Sorge wurde sichtbar, und sie legte eine Hand auf den Abdruck und klopfte dann leicht darauf. „Ich glaube, wir können ihn abnehmen. Ich mache vorsichtig."

Madison lehnte ihren Vorschlag ab, den Stuhl umzudrehen. Sie wollte einfach nur den Gips *jetzt* loswerden.

Yvette löste die Ränder und zog, die harte Fläche löste sich locker von Madisons Körper, da die Vaseline ihren Beitrag leistete.

Ihre Freundin schlang ein Handtuch um Madison, während sie leise sprach. „Alles okay?"

Mit einer Hand, die auf der angespannten Oberfläche ihres Bauches lag, bemühte sich Madison, gleichmäßig zu atmen.

Lieber Himmel, was war denn mit ihr los? Sie stand kurz davor, in Tränen auszubrechen. Als wäre sie mitten in einem Sturm in einer eingefallenen Hütte zurückgelassen worden, anstatt in einem warmen Raum mit ihren Freundinnen zu sitzen, während sie an ihren Körpern herumbastelten und Weihnachtsleckereien genossen. Worte kamen heraus, ganz bedrückt und verloren. „Ich will Ryan."

„Klar. Ich gehe ihn holen. Ist es okay, wenn ich schnell Brooke sage, dass wir unsere Pläne anpassen müssen?"

Madison schaute zu ihren Freundinnen. Die anderen drei, die in Gaze gewickelt gewesen waren, wurden gerade aus ihren Abdrücken geholt, ihr Gelächter gedämpft, als sie in ihre Richtung schauten, Sorge auf den Gesichtern.

„Tut mir leid", sagte sie ein bisschen lauter, damit sie es alle hören konnten. „Ich bin ... irgendwas stimmt nicht."

Alles kam in Bewegung. Als hätte sie erwähnt, dass sie gleich explodieren würde, liefen alle in unterschiedliche Richtungen los. Die drei Frauen, die inzwischen in Handtücher eingewickelt waren, liefen zum Raum mit den Duschen. Brooke sprintete los in die Haupthalle der Feuerwache. Kelli und Tansy brachten die Körperabdrücke an einen sicheren Ort auf Stühlen an der Wand, während sie den Rest der Tücher und Streifen aus dem Weg räumten.

Was gut war, denn Brooke war wohl die Stufen hinabgeflogen. Bevor Madison auch nur ein schlechtes Gefühl bekommen konnte, weil sie wegen nichts seinen Aufstand machte, platzte Ryan in den Raum, Mack und Brad dicht auf den Fersen.

2

RYAN

Vor dreißig Minuten

Natürlich hatte es einen Einsatz gegeben. An dem einen Abend, von dem Ryan wirklich gehofft hatte, es würde ruhig bleiben auf der Feuerwache, war es nicht so gekommen. Aber so lief das Leben eben – man ließ sich mitreißen und spielte mit den Karten, die man bekommen hatte.

Er und Brad versammelten Talia und die anderen Kinder an der Seite des Raumes, wo sie aus dem Weg blieben, während das Einsatzteam wie eine gut geölte Maschine loslegte, Alex fuhr als Beifahrer mit.

Rasch beruhigten sich die Kinder wieder, waren zurück zu ihren Hüpf- und Kletterspielen unterwegs, verbrannten die Energie, wie es nur Kinder zustande brachten, die von Kartoffelchips und Fruchtsaft angetrieben wurden.

Brad zog sich aus den Spielen zurück und lehnte sich an die Wand neben Ryan. „Wie geht's dir?"

„Ich hoffe, dass wir heute Abend keine Anrufe mehr reinkriegen, oder wir ziehen noch Hölzchen, wer sich in den Anzug schmeißen muss." Ryan schaute auf die Uhr. Er dachte, dass er noch höchstens eine Stunde hatte, bevor er ganz locker nach oben gehen und bei Maddy vorbeisehen konnte. Es trieb ihn in den Wahnsinn, dass er dort nicht hingehen konnte. Er hatte dieses seltsame Gefühl …

„Ich habe nicht über unsere Aufstellung für Notfälle gesprochen", sagte Brad gedehnt. Er schaute in Ryans fragende Augen. „Wie geht's dir bezüglich der Bereitschaft für den Babytag?"

„Das habe ich doch schon mal hinter mir", sagte Ryan trocken, bevor er verlegen grinste. „Was heißt, mein Schlaf ist beinahe so durch den Wind wie der von Madison, und ich habe eine Todesangst, während ich so tue, als würde alles fantastisch und ganz geschmeidig laufen."

Brad stieß ein tiefes Seufzen aus. „Ja. Das habe ich mir gedacht." Er legte rasch mitfühlend eine Hand auf Ryans Schulter. Dann lachte er fies. „Na ja, falls wir irgendwelche Notfalleinsätze haben, zu denen in den nächsten paar Monaten Babys gehören, müssen wir es so hinbiegen, dass Mack dann in Bereitschaft ist. Da Brooke gleich nach Madison drankommt, und er braucht mehr Erfahrung mit Entbindungen."

„Das habe ich gehört", rief Mack, der den Ball in seinen Händen zurück zu Brads Sohn warf.

Drew rannte ihm nach.

Die drei kleinen Mädchen im Raum folgten ihm, als wären sie Schafhirten, und er wäre ein einsames Schaf.

Mack kam näher. „Babys machen mir keine Angst", versicherte er ihnen. „Ich habe schon fast ein Dutzend

Geburten hinter mir. Ich meine, Hilfestellung dabei. Ist ja nicht so, als könnte ich die tatsächliche Arbeit verrichten."

„Mir machen sie eine Heidenangst", sagte Tucker. „Babys und Kleinkinder, meine ich. Ich mag sie, wenn sie älter sind und eine eigene Meinung und Verstand haben."

„Vertraue mir, Babys haben Verstand", erklärte ihm Brad. „Drew wusste genau, welchen Schrei er bei Hanna einsetzen musste, und welchen bei mir. Der Kleine hat uns seinen Wünschen nachkommen lassen, schon Stunden, nachdem er aus dem Schacht gekrabbelt ist."

Luke wirkte nachdenklich. „Ich weiß nicht, ob ich jemals über mein Lieblingsalter für Kinder nachgedacht habe. Meine Nichten waren immer da, wie es scheint. In jedem Stadium gab es etwas, das ich mochte. Dann kam der Rest von ihnen. Sie sind alle so unterschiedlich, aber auf ihre eigene Art toll."

„Gründen du und Kelli bald eine Familie?", fragte Brad.

Luke grinste. „Vielleicht."

„Ernsthaft?" Schock ließ Tuckers Augen groß werden. „Oh, verdammt, das ist nicht gut."

Luke runzelte die Stirn. „Warum?"

„Wenn ihr beiden anfangt, wird doch hier jeder zu Ginny und mir schauen." Tucker wirkte kurz ein wenig panisch. Er kniff die Augen zusammen. „Du verarschst mich doch. Du versuchst, mich *glauben* zu lassen, dass ihr loslegt, aber dann macht ihr es doch nicht."

„Das Leben ist kein Wettbewerb", sagte Ryan trocken.

„Das gilt nur für dich." Luke und Tucker sagten es genau im gleichen Augenblick, beide plötzlich sehr darauf aus, einander finster anzustarren.

Na, das war ja interessant.

Ryan beschloss, dass er da nachhaken musste. „Also, heißt das, dass ihr beide versuchen werdet, eure Frauen zu überzeugen, dass es Zeit ist, die Sache ins Rollen zu bringen?"

„Viell…"

„Ryan." Brooke erschien oben an den Stufen, ihr Ruf überschrie sie und ließ alle Scherze ersterben. „Komm rauf. Mack, Brad, ihr auch. Ich glaube, Madison hat Wehen."

Ein Adrenalinschub traf ihn, und Ryan lief los, ohne einen Blick zurückzuwerfen. Er vertraute seinen Freunden, auf seine Tochter aufzupassen, während er Madison zur Hilfe kam.

„Geht, Leute, Luke und ich haben die Kinder." Tuckers Stimme erklang in der Ferne, während Ryan oben an den Stufen ankam.

Hinter ihm hämmerten Schritte, doch Ryan hielt nicht inne, bis er in den Gemeinschaftsraum geplatzt war. Er sah Madison auf einem Stuhl sitzen, ein Handtuch um die Schultern.

Er ging neben ihr in die Knie und zog sie in die Arme. „Hey, Liebling. Was ist los?"

In ihren Augen standen Tränen, und Sorge war auf ihrem ansonsten fröhlichen Gesicht. „Ich fühle mich nicht sonderlich gut."

„Das Baby?"

Yvette war da, ihre Hand auf Madisons Knie. „Sie hat mich mal schnell schauen lassen. Ich glaube, der Kopf des Babys ist im Geburtskanal."

„Aber ich habe keine Wehen", beharrte Madison. Sie drückte sich eine Hand auf den Bauch. „Oder es sind komische Wehen. Es ist wie Übungswehen, aber meine Muskeln hören nicht auf zu pressen. Ich versuche, mich zu entspannen, aber es geht nicht."

Brad ging neben Madisons Stuhl in die Hocke. „Hey, meine Liebe. Ist es okay für dich, wenn ich die medizinische Hilfe übernehme? Lass dir von Ryan die Hand halten, und ich sehe mal nach, wie es deinem Baby geht."

„Okay", stimmte Madison zu, noch während sie einen Blick hinauf zu Yvette warf. „Du bleibst auch. Bitte?"

„Natürlich." Yvette drückte Madisons Knie. „Ich bin deine Verstärkung. Alle hier lieben dich, und wir helfen dir, wie immer wir können."

Was einen Teil der Panik, die sich durch Ryan hindurchfraß, nachlassen ließ. Nur ein wenig zwar, aber verdammt. Dass das Baby vorzeitig kam, mitten in einem Schneesturm, stand nicht auf dem Plan.

Er hätte es aber wissen sollen, dass bei allen Notfällen seine Freunde liefern würden. Außerdem war es kein schlechter Ort, in der Feuerwache mit ausgebildeten Sanitätern und Erste-Hilfe-Kräften zu sein, wäre man eine medizinische Krise erlebte.

Brad untersuchte Madison rasch, Verwunderung stand auf seinem Gesicht, während er Yvette zunickte. „Du stehst echt kurz vor der Entbindung, Maddy. Nicht ganz da, aber dicht davor."

„Zu dicht, um zum Krankenhaus fahren?", ragte Ryan.

Brad schüttelte rasch den Kopf. „Bis wir da hinfahren, könnte das Baby schon kommen."

„Ich will mein Baby nicht auf einem Notfalltransport bei diesen Temperaturen kriegen." Madison runzelte die Stirn. „Aber ich habe *keine* Wehen."

„Doch, hast du", setzte Brad sie leise in Kenntnis. „Echt. Für alle Frauen fühlen sich die Wehen und Schmerzen anders an, aber der Muttermund hat sich schon um etwa zehn Zentimeter geöffnet."

Sie wand sich nach oben. „Ich muss mich mal hinstellen."

Ryan zog sie auf die Füße, Madison atmete langsam aus, während sie ihr Gleichgewicht fand. Sie schaute sich im Raum um. „Na, das war dann wohl der Mädelsabend."

Yvette lachte. „Denen geht's auch gut, wenn sie eine Zeit

lang bei den Kindern sind. Die Mädchen haben geduscht – willst du auch? Den Gips abwaschen und dich ein bisschen entspannen?"

Darauf folgte ein rascher Blick zu Brad. „Kann ich das machen?", fragte Madison.

„Wenn Ryan bei dir bleibt und dir beim Gleichgewichthalten hilft, klingt das nach einer tollen Idee." Brad nickte Yvette zu. „Wir sollten dich in die Ausbildung für Menschen holen."

„Auf gar keinen Fall. Ich habe gehört, die beißen." Sie nahm einen Stapel Kleidung in die Arme und neigte den Kopf zum Duschraum. „Ich habe deine Kleider. Zieh was an, in dem du dich von der Taille aufwärts wohlfühlst, wenn du fertig bist. Dann musst du nicht so viele Handtücher balancieren."

Einen Augenblick später waren sie in der Privatsphäre der Duschen. Ryan zog sich auch aus, stand mit Madison unter dem warmen Wasserguss, während sie an seiner Brust lehnte.

Sie schaute zu ihm auf. „Hey. Ich schätze, wir kriegen heute ein Baby."

„Ich schätze auch." Er küsste sie sanft, dann rieb er wieder Seife im Kreis über ihren Bauch und ihre Seite. „Machen wir dich erst mal sauber, nur für den Fall."

„Klingt gut. Du bist einer zum Behalten, das weißt du doch?" Sie neigte den Kopf nach hinten und ließ das Wasser über ihr Gesicht strömen, während er sich um sie kümmerte.

Sie war so schön. Seine Finger bebten, und er hatte eine Todesangst, doch sein Herz war in diesem Anblick so voll, dass er nicht glaubte, es für sich behalten zu können.

„Ich liebe dich", flüsterte er.

Ihre Augen öffneten sich, und sie lächelte, ihre Miene war ganz schelmisch. „Gut."

Ein Lachen brach aus ihm hervor. Er wusch sie, trocknete

sie, dann half er ihr, sein Hemd anzuziehen, anstatt ihre eigenen Sachen. Es fühlte sich einfach … richtig an.

Sie gingen ein bisschen im Gemeinschaftsraum herum, nachdem sie aus der Dusche gekommen waren. Ihre Freunde kamen und plauderten, darunter auch Brooke.

„Du kannst auch gleich bleiben", bot Madison an. „Du wirst ja auch bald genug deine eigene Version davon erleben."

„Kann ich nicht eine mühelose Version dieser ganzen Wehensache haben? Das wäre cool", scherzte Brooke. Sie nahm Maddy fest in die Arme. „Es wäre mir eine Ehre, dabei zu sein."

Kaum eine Stunde später erstarrte Madison erneut, ihr Gesicht verzog sich, während sie sich panisch umschaute. „Ähmmm, irgendwas hat sich verändert."

Die nächsten paar Minuten vergingen wie im Rausch. Ihre Fruchtblase platzte, und Madisons Stöhnen verwandelte sich in ein Keuchen, während rasch Schmerzen aufkamen.

Jemand hatte eine Matratze aus der Schlafbaracke hereingebracht. Dort setzte sich Ryan mit Madison hin, die sich an ihn lehnte, während sie ihren Sohn zur Welt brachte.

Brads Grinsen ging bis über beide Ohren, als er das Baby Yvette reichte. Sie säuberte das Neugeborene sorgsam, arbeitete trotz seiner ausgestreckten Arme und empörten Schreie. „Sieht alles gut aus. Du bist toll, Madison."

„Sie ist ein Wunder", sagte Ryan, sein Herz schlug ihm bis zum Hals, während er darauf wartete, dass Yvette fertig wurde. Er drückte seine Lippen auf Maddys Wange. „Er ist perfekt."

Madison schenkte ihm ein unsicheres Lächeln. „Ich weine gleich", verkündete sie ruhig.

Dann tat sie es. Leise, tiefe Schluchzer, die Ryans Eingeweide vor Sorge krampfen ließen. Zumindest, bis er ihr in die Augen sah, während Yvette das eingewickelte Baby herüberreichte.

Maddy mochte ja weinen, aber begründet war es in Freude.

„Ich gratuliere." Das war wieder Yvette. „Du hast es toll gemacht. Und genauso Baby Zhao. Der hat echt gute Lungen."

„Das liegt ganz auf Ryans Seite der Familie", scherzte Madison, wischte sich die Augen mit dem Handrücken ab, während sie ihr Baby anschaute. „Hi, Süßer. Ich freue mich, dass du hier bist, selbst wenn du ein bisschen besser in den Kalender hättest schauen können. Willkommen in unserer Familie."

„Unserer Familie und mehr", murmelte Ryan. Er fuhr mit dem Finger an der weichen Wange entlang, während Madison das Baby anlegte, um es zu stillen. Winzige Lippen wölbten sich, der einsetzende Instinkt brachte ihn in die perfekte Position, um zu saugen.

Stille senkte sich einen kurzen Moment lang herab, alle schauten voller Verwunderung zu, dachten über das Wunder nach, dass sie hatten bezeugen dürfen.

Vielleicht kamen ja jeden Tag Babys auf die Welt. Vielleicht war es natürlich und etwas, das seit dem Anbeginn der Zeiten geschah.

Das machte es nicht weniger wunderbar.

Sie warteten, bis Madison gesäubert und angezogen war, um Talia und ihre restlichen Freundinnen dazuzuholen.

Talia kroch auf das Sofa neben Madison, legte die Wange an ihre und starrte ihren kleinen Bruder mit weit offenem Mund an.

„Ich habe mir einen Bruder gewünscht", gestand Talia leise ein. Sie schaute zu Madison auf. „Ich weiß, die sind lauter als Schwestern, aber du hast so tolle kleine Brüder, ich wollte auch einen haben."

Madison lachte, legte den freien Arm um ihre Bonustochter und küsste sie sanft. „Du wirst eine tolle große

Schwester werden. Das weiß ich. Ich könnte mich nicht mehr freuen."

„Ich schon", scherzte Tansy. Sie saß neben Rose, die Arme umeinander gelegt, während ihre Freunde alle darauf warteten, dass sie dran kamen, um das Baby zu halten. „Ich will seinen Namen wissen, da ich bezweifle, dass du das Versprechen halten kannst, das du mir im Dezember gegeben hast. Tansy ist schon ein toller Name, aber er sieht aus, als würde er etwas anderes brauchen."

„Ryan? Möchtest du die Ehre haben?", fragte Madison süß.

Sein Lächeln war wieder ganz zurück, während er neben sie schlüpfte, um sie alle drei zu halten. Seine Frau, seine Tochter und seinen Sohn.

Während er in die Menge um sich schaute – die aus so vielen Leuten bestand, die ihm äußerst wichtig waren –, nickte Ryan.

„Das ist Justin. Denn wir wollen die Vergangenheit in Erinnerung behalten, und eine Zukunft voller Liebe feiern."

Ein sanfter Jubel kam auf. „Auf Justin."

„Willkommen, Baby."

„Du wirst ganz glücklich."

Eine Reihe von guten Wünschen erklang, doch Ryan starrte nur wieder seinen Sohn an. Und Madison, die schon ewig seine beste Freundin war und der sein Herz gehörte.

Er beugte sich zu ihr, küsste dabei Talia. Küsste Justin.

Küsste Madison, bevor er mit allem in sich flüsterte: „Ich liebe euch. Euch alle, so sehr."

„Gut", sagte Madison wieder, was ihn zum Grinsen brachte.

Brooke brachte einen äußerst bauchlastigen Abdruck vor, zwinkerte Maddy zu. „Ich werde den übernehmen. Du hast ein paar andere Dinge, um die du dich derzeit kümmern musst, wenn du mir also das anvertraust, bringe ich es rüber, sobald es abgeschliffen und lackiert ist."

„Danke, meine Liebe", sagte Madison.

„Ich freue mich echt, dass ich sehen durfte, wie Justin geboren wird." Brooke gab ihr einen Kuss auf die Wange. „Vielen Dank."

Die Gruppe verabschiedete sich abwechselnd, bis es nur noch Yvette, Brad und Hanna im Hinterzimmer waren.

„Talia kann heute bei uns übernachten, wenn sie möchte. Wir fahren bei euch vorbei, um sie abzuholen, damit sie sich ein paar Sachen schnappen kann", bot Hanna an. „Außerdem folgen wir euch nach Hause, um sicherzustellen, dass *ihr* dort sicher angelangt. Denn das brauche ich."

Sie lachten alle, doch Ryan verstand es.

„Wenn ihr wollt, kann ich rüberkommen und alles fertig einrichten, denn Justin war ja früh dran. Lass mich doch gleich jetzt losfahren, und ich werde ein Abendessen auf die Beine stellen." Yvette wischte ihren Dank zur Seite. „Alex ist derjenige, der noch ein paar Stunden Schicht hat, und ich würde gern helfen."

Brad fand im Lager einen Kindersitz fürs Auto, den sie auf dem Nachhauseweg nutzen konnten. Das winzige bisschen Mensch einzupacken und zum Aufbruch fertigzumachen, fühlte sich surreal an. Es war seltsam, vom Lärm und Energie der Versammlung auf nur sie vier in einem vorgewärmten Auto überzugehen. Madison, Ryan, Talia und Justin.

Justin, der beim Aufbruch an diesem Nachmittag nicht mehr gewesen war als eine Ausbeulung im Bauch.

Madison schaute Ryan im Rückspiegel von ihrem Platz auf dem Rücksitz neben dem Baby an. „Wird das irgendwann weniger erstaunlich?"

„Niemals", versicherte er ihr.

„Gut."

Ihr neues Lieblingswort. Er grinste.

Dann blitzte in ihren Augen der Schalk. „Du wirst sicher gerne hören, dass ich zusammenpassende Pullis für uns alle für unser Familienporträt im Frühling bestellt habe. Ich kann es gar nicht erwarten, bis du sie siehst.“

Ein Lachen platzte aus ihm hervor. Ryan konnte sich nur vorstellen, was sie für sie aufgestöbert hatte. Aber er würde es anziehen, und das mit Freude. Denn das war die Art Freude, die Madison in seine Welt brachte.

Er fuhr seine Familie nach Hause, ein Konvoi aus Autos und Trucks folgte ihnen, denn alle wollten sicherstellen, dass es ihnen gut ging. Es war wie eine spontane Parade durch Heart Falls, bei der er seine erweiterte Familie nach Hause brachte.

Bei der Liebe sie nach Hause brachte.

WOLLT IHR HERAUSFINDEN, wie Madisons und Ryans Geschichte anfängt, schaut in EIN HELD ZU WEIHNACHTEN.

GETEILTE GEHEIMNISSE

Der Mädelsabend wird ein bisschen wild. Wenn es spät ist und der Tequila fließt, kommen die Geheimnisse ans Licht. One-Night-Stands? Sieht so aus, als hätten sich ein paar der Damen im Lauf der Jahre etwas gegönnt, darunter ein paar Überraschungen ...

Mit dabei: Rose und Tansy Fields, Sydney Jeremiah (die neue Ärztin im Städtchen) und Petra Sorenson (die Schwester von Zach aus *Die verwegene Liebe des Cowgirls*), dazu eine Menge Tequila. Ups?

Zeitleiste: Diese Geschichte spielt nach den anderen Vignetten in dieser Sammlung, und früh während **Eine Familie für die Ewigkeit.**

1

———

ROSE

März, Heart Falls.

Später würde Rose es den *falsch abgebogenen Mädelsabend* nennen.

Der Tag hatte begonnen wie üblich, indem sowohl sie als auch ihre Schwester Tansy bei Buns and Roses arbeiteten, dem Kaffee-und-Blumen/Schnickschnack-Laden, der ihnen zusammen gehörte. Rose hatte sich zu einem Termin bei der Bank am Nachmittag weggeschlichen, und eine augenöffnende Diskussion hatte sie vor Aufregung zappeln lassen.

Sie hatte kaum Zeit gehabt, Tansy die Einzelheiten mitzuteilen, wie und was möglich war, um ihren Laden sogar noch größer und schöner zu machen, als die ersten ihrer Freundinnen um fünf Uhr eintrafen, die Arme voller Essen für ein Buffet, zu dem jeder etwas beisteuerte.

Manchmal ging es bei Mädelsabenden um ein Projekt,

manchmal war es nur eine Versammlung mit Essen, Spaß und verwandten Seelen. Und Trinken ...

Zwei Stunden später schien es, als wäre das die Hauptaktivität des Abends geworden.

Rose hob ihr Glas und ließ sich ihren Margarita nachfüllen. „Dein Dip ist gefährlich, Petra. Ich liebe Nacho-Chips sowieso, und dann musst du diesen dekadenten, kalorienreichen Leckerbissen mitbringen."

Petra Sorenson besuchte ihren Bruder Zach und war zum Mädelsabend mit ihrer Schwägerin Julia mitgekommen. Sie kam gerade aus der Küche zurück zur Versammlung und stellte eine zweite dampfende Schüssel mit der würzigen, käsigen Köstlichkeit auf ein Tablett. „Gern geschehen. Aber ernsthaft, da sind doch keine Kalorien drin. Nur Gemüse."

„Weil ... Käse irgendwie ein *Gemüse* ist?", wollte Tansy wissen.

„Käse kommt aus Milch, und die kommt aus Kühen, und Kühe essen Gras, und das ist ein Gemüse", sagte Petra fröhlich. „Oder?"

„Lieber Gott, bitte erwähne das mal vor meinem Schwager", sagte Kelli Stone kichernd. „Der Mann ist toll, aber genau so was würde Caleb total austicken lassen."

„Unsere Kerle kann man normalerweise schwer aus der Fassung bringen", sagte Karen, die langsam nickte. „Aber damit könnte man Finn womöglich auch erwischen."

Kelli grinste. „Weißt du, sie glauben alle, dass wir an diesen Mädelsabenden unser Wissen teilen, wie man sie foltern kann."

„Das ist eine gute Idee." Tansy nickte. „Ich halte das für gut. Hat irgendjemand neue Vorschläge, wie man unsere Männer foltern kann?"

„Du hast keinen Mann", erklärte Rose. „Genauso wenig wie ich."

Tansy hob einen Finger. „Ach, haben wir doch. Wir haben unseren Vater, das ist einer der tollsten Männer zum Drangsalieren. Und das ist auch nur angemessen, so, wie er uns während unserer Teenager-Zeit behandelt hat. Wie er an die Tür gegangen ist, um unsere Dates in allem von einem Bademantel bis zu einer vollen Ritterrüstung zu begrüßen."

„Ernsthaft?" Petra lachte. „Ich dachte, mein Dad wäre der Einzige, der so was macht."

„Ich nehme an, das steht im Handbuch für Väter", schlug Rose vor.

In Petras Augen blitzte Erheiterung auf. „Wo wir schon davon reden, die Männer in unserem Leben zu quälen, ich dachte, mein Bruder würde heute Vormittag schier umkippen. Ich habe Julia ein paar Babyklamotten und Zeitschriften überreicht, die ich mitgebracht habe."

Alle Blicke wandten sich sofort zu Julia. Sie drehte die Handflächen protestierend nach oben. „Nein. Zu all euren fragenden Gedanken: Nein."

Petra zuckte mit den Schultern. „Ich habe gehört, dass Madison ihr Baby bekommen hat, und meine Schwestern hatten eine Tonne Zeug, das ich zum Weiterreichen mitbringen konnte." Ihr Grinsen wurde fies. „Es hat aber Spaß gemacht, Zach ausflippen zu sehen. Er hat auf das Buch ‚Schwangerschaft und Geburt' gestarrt, als wäre es eine Schlange."

Und so verwandelte sich die Unterhaltung in eine Diskussion darüber, was sie alle lasen, oder sich anhörten, und was sie in der Bibliothek reserviert hatten.

Rose lehnte sich zufrieden zurück, saugte alles in sich auf.

Diese Frauen waren mehr als nur Freundinnen. Sie waren ihre Verbindungen zu Heart Falls und darüber hinaus, und auch wenn sich die Zusammensetzung der Damen monatlich änderte, da Leute mit Arbeit und Familie und Kindern beschäftigt waren, waren sie immer füreinander da. Es war etwas, auf das Rose zählen konnte.

Ein Segen, der jenseits aller Vorstellung war.

Um etwa acht fingen Handys an zu läuten, und die Gruppe wurde rasch kleiner.

„Wir sind hier raus.“

Karen Marlette sammelte ihre Sachen zusammen, während ihre Schwester Julia rasch erklärte: „Tut mir leid. Das war Zach. Er und Finn haben beschlossen, dass sie heute Abend aufbrechen wollen, damit wir für die Auktion gleich am Vormittag fertig sind.“

Petra schaute von der knautschigen alten Couch auf, die in Tansys und Roses Wohnzimmer stand. Sie schob ihre langen blonden Haare zurück, dann versuchte sie, nach vorne zu rücken, aber die alte Couch klammerte sich an ihr fest. „Wartet mal. Ich wusste nicht, dass wir aufbrechen. Gebt mir mal kurz, und ich komme mit euch.“

Julia wedelte mit der Hand. „Bleib. Wir sind morgen Abend wieder zurück. Du bist nach Heart Falls gekommen, ganz konkret, um Urlaub zu machen und dich zu entspannen. Ein voller Mädelsabend ohne Unterbrechung ist genau das, was du brauchst, um die Woche bei uns einzuläuten.“

„Sehe ich auch so. Du musst bleiben.“ Tansy beugte sich über Petras Schulter, um ihren Pfirsich-Margarita nachzufüllen. „Du bist viel zu angespannt.“

Petra kicherte. „Wohl kaum. Nicht nach diesen Drinks. Wie viel Alkohol ist denn da drin?“

„Genug, dass ich auch offiziell fertig bin.“ Kelli Stone erhob sich, schwankte ein paar Mal, dann grinste sie, während sie sich im Raum umschaute. „Mein Mann holt mich ab, und ich werde dann seinen sexy Cowboy-Körper anspringen. Vielleicht warte ich gar nicht, bis wir zu Hause sind.“

„Gefährlich, aber macht Spaß.“ Diese Anmerkung kam von

einem kürzlichen Neuzugang bei ihren Versammlungen, die sich vorbeugte und die Ellbogen auf die Knie stützte. Dr. Sydney Jeremiah war einen Großteil des Abends lang still gewesen, aber es war eher, weil sie zuhörte und alles in sich aufnahm, als dass sie zu schüchtern gewesen wäre, um mitzumachen.

Sie war eine zierliche kleine Frau mit tiefroten Haaren und umwerfenden silbernen Augen. Darüber hinaus hatte sie einen extrem scharfen Verstand und eine mörderische Selbstbeherrschung. Sie hatte kürzlich eine Arztpraxis in der Gegend von Heart Falls eröffnet, und Rose war von ihr auf vielerlei Hinsicht beeindruckt.

Sydney hob eine Augenbraue. „Ihr müsst mir mal erzählen, wo ihr hier vor Ort Party macht."

„Damit du einen Partner findest und auch irgendwo am Straßenrand parken kannst?" Tansy ging aus dem Weg, damit Kelli sich den anderen an der Tür anschließen konnte.

„Ist immer gut, Optionen zu haben", erwiderte Sydney mit einem Zwinkern.

Nach wilden Verabschiedungen waren es nur noch sie vier: Tansy und Rose, Sydney und Petra.

Rose ließ sich ihr eigenes Glas nachfüllen, dann setzte sie sich in den Sessel neben dem Sofa. Kurz schaute sie zu Tansy, als ihre Schwester die Füße auf dem Tisch aufstellte, dann beschloss sie, sie nicht zu beachten. In den nächsten vier Stunden lachten sie alle, tranken und tauschten Geschichten aus.

Petra mochte ja nicht vom Ort sein, aber sie war in den letzten paar Jahren oft genug vorbeigekommen, dass sie zu einem festen Bestandteil ihrer Mädelsgruppe geworden war. Sie ließ das Zimmer in Gelächter ausbrechen, als sie Geschichten erzählte, wie sie in ihrer großen Familie aufgewachsen waren und ihr Bruder Zach versucht hatte, damit fertig zu werden, der einzige Junge in der sechsköpfigen Familie zu sein.

„Als mir klar wurde, dass Zach sich auf dem Balkon versteckt hat, bereit, reinzuspringen und meine Tugend zu verteidigen, habe ich einen Crime-Podcast aufgerufen und mit einer Stimmsimulation angepasst, damit es nach mir und meinem Date klingt. Der Podcast fing mit einer Unterhaltung an, dann ging er von einem Satz auf den anderen zu Messern, Kreischen und Chaos über. Ihr hättet Zachs Gesicht sehen sollen, als er die Balkontür aufriss, um reinzustürmen und mich zu retten, nur um zu sehen, wie mein Date und ich auf gegenüberliegenden Seiten des Zimmers sitzen und Schilder hochhalten, auf denen steht: erwischt.“

„Fies. Fies und wunderbar.“ Tansy grinste böse. „Das ist ein toller Techniktrick.“

Petra zuckte mit den Schultern. „Computer mögen mich. Aber das, meine Freundinnen, passiert, wenn ein großer Bruder beschließt, dass er die Anstandsdame für die einzige Schwester spielen muss, die jünger ist als er.“

„Wir haben keine beschützenden Brüder“, erklärte Rose. „Vier Schwestern.“

„Heute Abend sind hier eine Menge Mädelsfamilien anwesend. Bei mir gibt es fünf Schwestern“, rief Petra ihnen in Erinnerung. Sie wandte sich an Sydney. „Und bei dir?“

„Das jüngste von drei Mädchen. Außerdem zwei ältere Brüder, also ja, es gab schon manchmal jemanden, der mich beschützt hat. Besonders, da wir alle sehr viel jünger als üblich ans College und die Uni gegangen sind.“ Sydney nahm einen großen Schluck von ihrem Wein, dann lehnte sie sich weiter in den Sessel zurück. „Mein Gott, das habe ich heute Abend gebraucht. Ich bin euch so dankbar, dass ihr mich mitgenommen habt.“

„Du bist uns sehr willkommen“, sagte Rose aufrichtig. „Du

hast hart gearbeitet. Ich habe nur Gutes über deine Praxis gehört."

„Gut. Ich trage gerne Verantwortung und mag auch mal einen Kulissenwechsel, ganz gleich, wie viel Arbeit es war." Sydney neigte den Kopf zu Tansy und Rose. „Ihr zwei liebt es offensichtlich, Buns and Roses zu betreiben."

„Es ist das Zweitbeste in meinem Leben. Oder das Drittbeste", scherzte Tansy. „Hängt davon ab, wo an diesem Tag die Schokolade rangiert."

Rose lachte, dieses zufriedene Gefühl in ihr baute sich weiter auf. „Wir lieben es, und es läuft toll. So toll, dass Erweiterungspläne in Arbeit sind."

„Schön für euch", sagte Petra mit tiefster Überzeugung, bevor sie ihre Aufmerksamkeit auf ihr Glas verlagerte und einen großen Schluck nahm. Sie schmatzte, und heftige Glücksgefühle zogen über ihr Gesicht, während sie fortfuhr: „Ich erweitere meinen Arbeitsbereich auch."

„Noch mehr Buchhaltungsprogramme", fragte Rose.

„Hacken", erwiderte Petra geziert, bevor sie alle in erheitertes Schnauben ausbrachen.

Die Unterhaltung ging weiter, es wurde mehr getrunken, bis Rose darüber nachdachte, ob sie nicht rausgehen sollte, bevor sie es nicht mehr durch den Gang zu ihrem eigenen Schlafzimmer schaffte.

„Ihr bleibt alle über Nacht", verkündete Tansy. Sie war mit einem Stapel Decken aus ihrem Schlafzimmer zurückgekehrt, den sie auf ihre ausgebreiteten Körper fallen ließ. „Wir sind alle schon seit ein paar Stunden nicht mehr fahrtüchtig."

Sydney nickte, dann beäugte sie Petra. „Du bekommst den Boden. Du würdest nie auf das Sofa passen."

„Du kannst bei mir schlafen", bot Tansy an. „Rose hat ein kleineres Bett, aber ich habe ein Doppelbett, also gibt es Platz für uns beide."

Petra neigte königlich das Kinn, bevor sie ihr beschwipstes Lächeln Roses Schwester zuwandte. „Ich nehme dein großzügiges Angebot an. Aber ich sollte klarstellen, dass ich traurigerweise auf der Heteroseite bin, so sehr es nur geht, und dass wir nur ein Bett haben, wird darum nicht zu ... wie würde Lisa es ausdrücken? Ach, ja ... *Schabernack* führen!"

Tansy lachte. „Deine Tugend ist sicher, selbst wenn dein Bruder nicht wie der Cool-Aid-Man dazwischengeht."

„Also dann." Von Petra kam ein großes dramatisches Seufzen, ihr Lächeln war breit. „Für uns kein One-Night-Stand."

„Habt ihr so was mal gemacht? Einen One-Night-Stand?" Sydney starrte in ihren Wein, ein zufriedenes Grinsen auf den Lippen, das andeutete, wie ihre Antwort lauten würde.

Ein Kichern erklang links von Rose. „Du siehst wie eine Katze aus, die nicht nur die Sahne aufgeleckt hat, sondern auch die Maus gefangen und dann den besten Platz im Haus beansprucht." Tansy beugte sich weit vor. „Wenn wir alle unsere Sünden gestehen sollen, glaube ich, du solltest anfangen."

„Ist doch keine Sünde." Petra hatte einen Schluckauf. „Tschuldigung." Sie klimperte mit den Wimpern. „Na ja, keine Sünde, wenn man es richtig macht."

„Und wenn *er* es richtig macht." Sydney grinste irgendwie noch breiter.

„Das heißt, deine Antwort lautet ja", sagte Rose. Bei dem Gedanken kam ein leises Flattern in ihrem Bauch auf. Aber war es der Gedanke an den Sex oder die Tatsache, dass es schien, als wären alle anderen drei Frauen im Zimmer bereit, ihre Abenteuer einzugestehen?

Und sie hatte nichts zu sagen.

„Ja", gab Sydney zu. „Ein paar Mal." Kurzzeitig runzelte sie die Stirn. „Moment. Genauer gesagt heißt ein Paar zweimal, und ein paar Mal bedeutet drei oder vier. Ja?"

„Klingt logisch."

Sydney nickte, dann kniff sie die Augen zusammen, als würde sie nachdenken. „Was ist dann mehr als vier?"

„Rockstar." Das kam von Tansy, die ihr Getränk abgestellt hat. „Außerdem ziemlich dreist. Das nennt man schon riskant, Süße."

„Ich habe immer aufgepasst", behauptete Sydney. „Aber ich wollte mit niemandem offiziell zusammen sein, während ich gelernt habe, besonders, da ich für die meisten davon viel zu jung war. Außerdem waren die meisten Leute in meinen Klassen genauso erschöpft wie ich. Ein gutes, gesundes Exemplar zu finden, mit dem man eine Nacht verbringen kann, wenn ich die Zeit und die Energie dazu hatte, war gefühlsmäßig und beziehungsmäßig einfacher."

„Einfach ist gut", stimmte Tansy zu. „Ich hatte eine Nacht mit einem Cowboy während der Stampede vor ein paar Jahren, und ich war davon, o mein *Gott*, noch tagelang aufgedreht. Aber Rose und ich haben gerade hier den Laden eingerichtet, also hatte ich auf keinen Fall Zeit für irgendwas anderes als ein bisschen prickelnde Unterhaltung."

Rose blinzelte ihre Schwester an. „Ich hatte ja keine Ahnung."

Tansy zuckte mit den Schultern, dann grinste sie. „Das bedeutet, ich habe es richtig gemacht. Die Familie soll doch nichts erfahren, wenn man eine Kurzzeit-Affäre hat. Das gehört zur Gleichung der Einfachheit dazu."

Bevor Rose etwas erwidern konnte, ging Petra dazwischen. „Sehe ich auch so." Sie beugte sich vor und legte sich kurz eine Hand über den Mund, bevor sie herausließ: „Ich hatte einen One-Night-Stand an dem Wochenende, als Zach und Julia geheiratet haben."

„Hör doch auf." Rose starrte sie an. „*Hier?* In Heart Falls?"

„Ja, aber bevor ihr fragt, es war niemand *aus* Heart Falls." Petra prahlte geradezu. „Er war für ... irgendwas in der Stadt. Ich habe nicht wirklich gefragt, denn, hey-ho, er konnte tanzen. Und dann, als er mich ins Bett mitnahm, hatte er da so was, das er mit seiner Zunge anstellte, und ..."

„Details später. Also eigentlich niemals", beharrte Tansy.

Rose holte tief Luft. „Ich schätze, ich war nie am richtigen Ort zur richtigen Zeit oder mit dem richtigen Kerl, der mich inspiriert hat, die Vorsicht so über Bord zu werfen. Ich bin nicht dagegen, aber es schlug eben auch nie der Blitz ein", gab sie zu.

Sydney griff rüber und tätschelte ihr das Bein. „Ist ja kein Wettbewerb. Außerdem, nur weil die anderen Kinder alle von der Brücke springen, heißt das nicht, dass du das auch tun musst."

„Genau." Petra brauchte drei Anläufe, um das Wort auszusprechen, und sie kicherten alle irre, als sie es endlich schaffte. Sie nickte Rose entschieden zu. „Es ist nichts, was man tun muss, aber wenn du es tun willst und es sich ergibt, warum nicht?"

Das betrunkene Gelächter und die Geschichten ließen schließlich um etwa zwei Uhr nachts nach, als Tansy Petra in ihr Schlafzimmer zerrte, von ihnen beiden grollte ein Lachen heran.

In der Wohnung wurde es ruhig. Rose ignorierte die schmutzigen Gläser und halb geleerten Chipstüten auf dem Beistelltisch. Stattdessen schnappte sie sich eine Decke, die sie über Sydney warf, die bereits auf der Couch eingekuschelt lag.

Die Frau öffnete die Augen, wirkte viel zu anwesend, wenn man bedachte, dass sie alle nicht mehr so richtig nüchtern waren. „Rose?"

„Ja?"

Diese schockierend silbernen Augen schauten sie an, als würde Sydney in Roses Seele hinabblicken. „Ich habe ernst gemeint, was ich gesagt habe. Ich hatte meine Gründe, Sex in unverbindlichen Situationen zu genießen. Wenn das nicht dein Ding ist, musst du nicht das Gefühl haben, du müsstest es machen."

„Gerade jetzt habe ich nur das Gefühl, dass ich umkippen und drei Tage durchschlafen muss", sagte Rose.

„Gute Idee." Sydney nickte betont und schloss dann die Augen. „Oder zumindest bis zehn, und dann trinken wir jede Menge starken Kaffee."

„Dafür ist gesorgt", versprach Rose. Impulsiv setzte sie sich neben Sydney und bot ihr eine Umarmung an. „Du bist okay für eine superschlaue, fies entschlossene Frau."

Sydney kicherte, dann nahm sie die Verbindung an, drückte Rose fest. „Und du bist mehr als okay für eine genial talentierte Frau mit einem freundlichen Herzen und einer großzügigen Seele."

Rose strahlte, während sie ins Bett kroch. Genial talentiert. Das gefiel ihr.

Sie schlief schon fast, als der Gedanke durch ihr vernebeltes Gehirn zog.

Genial ist gut, aber es könnte Spaß machen, impulsiv zu sein, nur ein einziges Mal.

EINE FAMILIE FÜR DIE EWIGKEIT

Im letzten Jahr arbeiteten Ivy und Walker Stone daran, ihre Familie zu erweitern. Sie füllten Formulare aus, bis ihre Finger krampften, hatten Hausbesuche von Sozialarbeitern und planten für die Zukunft. Walker und seine Brüder haben gebaut und renoviert, damit in seinem und Ivys Haus in Heart Falls Platz für die kommenden Neuzugänge ist.

Und jetzt steht der Tag bevor, auf den sie gewartet haben.

Bonus ... Tuckers und Ginnys Hochzeit ist Teil dieser Geschichte!

Zeitleiste: Die Handlung beginnt im Januar nach **Ein Rancher zu Weihnachten.**

1

———————

Walker Stone lehnte am Zaun und schenkte dem Pferd auf dem Reitplatz nur einen Hauch seiner Aufmerksamkeit. Nicht, dass die Arbeit sich hinzog ...

Scheiße. Dieser Tag fühlte sich an, als hätte er mindestens sechsunddreißig Stunden, und er war noch immer nicht vorbei. Er seufzte, während er möglichst diskret auf die Uhr schaute.

Der brüderliche Schlag auf den Hinterkopf, der darauf folgte, besagte, dass sein Versuch nicht von Erfolg gekrönt gewesen war.

„Langweilen wir dich?", knurrte Caleb, der an Walkers Seite stehenblieb und ihn finster ansah.

„Tut mir leid. Ich war mal kurz abgelenkt." Walker bemühte sich um Konzentration. „Ich bin nicht sicher, ob dieses Pferd hier das Geld und die Zeit wert ist, die es uns kosten wird."

„Echt? Luke hat gesagt, Barenaked Lady ist voll dein Ding."

Walker blinzelte. Er schaute auf das Pferd, dann zurück auf den Zettel in seiner Hand. Mist. Er hatte wohl seine Konzentration länger als nur eine Sekunde verloren. Sie waren mindestens ein halbes Dutzend Pferde weiter auf der Auktionsliste, als er erwartet hatte. „Scheiße. Ich habe ein paar übersehen. Ja, das hier ist gut."

Caleb legte Walker eine Hand auf die Schulter. „Geh raus. Ruf Ivy an, hol dir ein Update. Mach, was immer du brauchst, um den Kopf wieder klar zu kriegen. Wir treffen dich in einer Stunde am Truck."

„Ich kann bleiben", behauptete Walker.

„Du musst gehen." Caleb funkelte ihn an. „Gerade jetzt bist du nicht brauchbar. Ich verstehe, dass du eine Ablenkung brauchst, aber du lässt mich auch meine Konzentration verlieren. Einer von uns muss doch bei der Sache bleiben."

Walker nickte, dann entschlüpfte ihm ein Lachen. „Mir fällt auf, dass du nicht hoffst, Luke und Dustin hätten genug Verstand, um diese Auktion mit uns hinzukriegen."

„Dusty ist beschäftigt mit Flirten. Luke plant fürs nächste Wochenende irgendwas mit Kelli, also ist er fast so schlimm wie du."

„Unwahrscheinlich", gab Walker zu. Er wollte allerdings unbedingt von Ivy hören, darum gab er nach. „Danke. Ich werde es wieder gutmachen, das schwöre ich."

„Bruder, du wartest auf eines der kostbarsten Dinge, die bei einem Mann ankommen können. Ich bin nicht wütend und erwarte nicht, dass du es zurückzahlst. Aber ich kann dich jetzt hier nicht gebrauchen", sagte Caleb trocken.

Walker machte sich vom Acker.

Draußen biss die bittere Kälte in seine Haut. Der Januar in Alberta war dem üblichen Muster gefolgt und in den letzten zwei Wochen in einen teuflischen Tieffrost verfallen. Der wehende Wind machte es nur noch schlimmer. Über ihm hing ein leuchtend blauer Himmel, so hübsch wie nur was, ohne eine Wolke in Sicht. Zitternd schlug er den Kragen hoch, während er von der beheizten Auktionsscheune weg und zurück zu seinem Truck mit Anhänger ging.

Er wartete, bis der Motor lief und die Heizung aufgedreht war, bevor er das Handy herausholte.

Keine Nachrichten.

Walker schaute auf die Uhr. Ivy sollte inzwischen aus dem Klassenzimmer raus sein und ihre Aufgaben als stellvertretende Schulleiterin erledigen. Vielleicht wäre es gar nicht so schlimm, wenn er anrief.

Ein lauter Klingelton erklang. Ivy rief *ihn* an.

Gott sei es gedankt.

„Hey, Snow."

„Hey, Liebster. Störe ich?", fragte sie leise.

„Wohl kaum. Caleb hat mich aus der Auktion geworfen, weil ich mich nicht konzentrieren kann. Ich will doch nur zu Hause bei dir sein." Er hielt inne. „Nein, das ist nicht alles, was ich will."

Sie seufzte. „Ich weiß. Bei mir gab es auch keine Anrufe. Aber bald. Es muss bald sein."

„Ich denke immer an unsere Mädchen", gab er leise zu.

Nach all den Monaten der Arbeit und den Wochen des Wartens hatten sie einen Stapel Papiere bekommen, zu dem die Fotos von Schwestern gehörten, die so kurz davor standen, die ihren zu werden. Die Mädchen hatten auch einen älteren Bruder, der von einem anderen Mann gezeugt worden war. Carter wurde von seiner Großmutter väterlicherseits betreut, während also die Kinder regelmäßig beieinander vorbeischauen durften, waren nur die Mädchen zur Adoption freigegeben.

Als sie die Mädchen zum ersten Mal persönlich kennengelernt hatten? Da hatte es keine Rolle gespielt, dass der Hund im Hof nebenan beim Pflegeheim während des ganzen Besuches gekläfft hatte, die hohen Töne nervenzermürbend wie die Rückkopplung eines Lautsprechers. Walker hatte sich verliebt.

Chloe war sechs Jahre alt. Sie hatte sich an ihre vier Jahre alte Schwester Harper geklammert, als würde sie einen unbezahlbaren Schatz beschützen. Sie beide waren eher dünn mit dunkelbraunen Haaren und Seelen, die in ihren Augen leuchteten.

„Sie sind zu klein, um sich so verloren zu fühlen. Ihre Gesichter haben mir den Boden unter den Füßen weggezogen und das Herz gebrochen", gab Walker zu. „Dass ich sie nicht hochheben und mit uns nach Hause nehmen konnte, bringt mich um."

„Ich weiß. Als wir sie getroffen haben, war ich mir nicht sicher, ob ich sie umarmen sollte oder nicht", rief ihm Ivy leise in Erinnerung. „Dann hat sich Harper an mein Bein gelehnt, um sich das Bilderbuch anzuschauen, das wir über Pferde dabei hatten. Sie war fast in meinen Armen ..."

Ivy brach ab, ihre Stimme erstickt von Tränen.

„Ich weiß. Ich weiß", tröstete er sie. „Verdammt, ich sollte bei dir zu Hause sein."

Ein leises, doch verweintes Lachen antwortete ihm. „Da würde ich nicht weniger weinen. Du solltest genau dort sein, wo du bist. Versuche zu arbeiten, genau wie ich", erklärte ihm Ivy. „Wir werden uns beide freinehmen, wenn sie dann wirklich ankommen. Wir müssen eine Möglichkeit finden, uns zusammenzureißen, bis es dazu kommt."

„Sollen wir am Sonntag unsere Familien einladen, um das Spielhaus fertig zu bauen?", bot Walker an. „Die Frauen können irgendwas Leckeres kochen, und die Jungs und ich werden den Hammer schwingen."

„Klingt wie der Anfang eines Plans. Vielleicht sollten die Frauen den Hammer schwingen, und ihr Typen könnt das Kochen übernehmen", entgegnete sie.

„Der Wetterbericht sagt, es gibt heftige Minusgrade und Wind", setzte er sie in Kenntnis.

Sie schnaubte ganz unweiblich. „Die Tatsache, dass ich bei so einem Wetter nicht raus gehe, heißt nicht, dass meine Schwestern nicht mit vollem Herzen hineinstürzen würden. Wie wäre es, wenn wir einen offenen Aufruf starten, zum Arbeiten und Spielen zu kommen? Wir werden zum Abendessen so viel Pizza bestellen, wie nötig ist."

„Klingt toll. Obwohl ich wette, dass jemand dann morgen auch Plätzchen backt."

„Diese Wette nehme ich nicht an", erwiderte Ivy rasch.

„Weil du weißt, dass ich recht habe?"

Sie lachte leise. „Weil du irgendwann in der Vergangenheit wohl mal eine Wette gegen meine Schwester Tansy gewonnen hast. Jedes Mal, wenn sie vorbeikommt, erscheinen wie magisch frische Plätzchen auf der Anrichte."

„Ich habe keine Ahnung, wovon du da sprichst", behauptete er.

Obwohl es stimmte. Bei der letzten Abrechnung hatte Tansy ihm noch ein paar weitere Monate Plätzchen geschuldet. Er bekam nicht heraus, wie sie so klug bei allen anderen sein konnte, und trotzdem gegen ihn immer wieder verlor.

Ein Teil von ihm wollte nicht wissen, ob sie nicht insgeheim absichtlich verlor, nur um ihm auf die patentierte Tansy-Art ein gutes Gefühl zu geben, wie für einen lieben Bruder.

Der Sonnenschein draußen war wieder in seinem Herzen.

Nur mit Ivy zu reden, mit ihr Pläne zu schmieden, zu träumen, zu hoffen und zu lachen …

Das machte das Warten erträglich.

„Ich liebe dich so sehr", sagte er leise zu ihr. „Wir arbeiten einfach weiter, um das beste Heim aller Zeiten für unsere Mädchen zu schaffen, damit es bereit ist, wenn sie da sind."

„Ich liebe dich auch", sagte sie ganz süß. „Ich rufe jetzt meine Oma an. Ich weiß, dass sie und Ashton nicht da sein können, aber sie wollte unbedingt die Neuigkeiten hören."

„Und ich schreibe dem Rest von ihnen", versprach er.

Die Stille nach dem Anruf, in der nur die Heizung summte und der Motor dröhnte, beruhigte Walker mit einem ernsten Frieden. Ja, das Warten war die Hölle, aber man konnte den zeitlichen Ablauf eben nicht ändern. Bis die letzten Papiere erledigt waren, mussten auch Chloe und Harper warten.

Er öffnete sein Handy und schrieb die Einladung für den Arbeitseinsatz, denn Warten mochte ja nerven, aber mit seiner Familie zu warten, war viel, viel besser.

2

———

„Hier versteckst du dich also."

Ivy schaute nach rechts, als ihre Mutter in den stillen Leseraum kam. „Ich schau mir an, was los ist, ohne mich der Kälte stellen zu müssen oder Ohrstöpsel zu nehmen."

„Sie sind heute schon ziemlich laut, oder?" Sophie setzte sich auf das Sofa neben ihre Tochter. „Der Rest der Stone-Mannschaft ist gerade angekommen. Du hast in eine Horde hinein geheiratet, meine Liebe."

„Wenigstens eine äußerst höfliche Horde", erklärte Ivy.

Sophie verschränkte ihre Finger in denen von Ivy, und die beiden saßen einen Augenblick lang still da, schauten durch die riesigen Fenster hinaus.

Das ursprüngliche Haus, das Ivy gekauft hatte, war winzig. Viel zu klein, selbst für sie und Walker. Als sie den Adoptionsprozess begonnen hatten, hatte Walker sie mit einem überarbeiteten Grundriss überrascht. Einen, der das ursprüngliche Haus als Basis behielt, und dann zwei Seitenflügel mit Schlafzimmern für die Kinder und

Spielzimmern und dem ganzen Platz hinzufügte, den sich eine Familie nur wünschen konnte.

Die neue Küche nahm sowohl die alte Küche als auch das alte Wohnzimmer ein. Das ehemalige große Schlafzimmer war in eine stille Leseecke verwandelt worden, die auf den hinteren Garten hinaus schaute. Mit Schiebetüren, die man im Sommer benutzen konnte, war der Raum hell und fröhlich und sowohl ein Rückzugsort als auch eine Möglichkeit, um an den Abläufen im Garten teilnehmen zu können.

Und das war derzeit eine Schneeballschlacht, nicht das Errichten eines Spielhauses. Zum Glück hatte sich das Wetter erwärmt und war kurz über dem Gefrierpunkt, und jene, die keine Schneebälle schleuderten, jubelten begeistert an der Seite. Sogar die Pferde, die auf dem kleinen Reitplatz standen, den Walker an den Garten angebaut hatte, beäugten die Aktivitäten. Sie schauten kurz aus ihrem Unterstand, dann schüttelten sie die Köpfe, als wollten sie sagen: *Menschen sind seltsam,* und zogen sich abermals in die Wärme der kleinen Scheune zurück.

Sanfte Musik lief im Hintergrund von Ivys Rückzugsort. Irgendwas klassisches Japanisches. Ihr Vater hatte wohl wieder die Kontrolle über die Anlage übernommen.

Der ganze Aktionismus und das Leben draußen, der Frieden drinnen, und trotzdem kam ein Flattern der Panik auf sie zu. Was, wenn …

Was, wenn sie das nicht tun konnte? Was, wenn Chloe und Harper mehr brauchten, als sie zu geben hatte? Was, wenn …

„Still, Liebes." Die Hand, die ihr Knie drückte, löste ihre wirbelnden Gedanken auf. Ihre Mutter schaute mit klugem Blick zu ihr. „Du wirst es gut machen."

Ivy stieß langsam Luft aus. „Wie machst du das? Woher weißt du es immer?"

Sophie zuckte mit den Schultern. „Manchmal liegt es

daran, dass deine verräterischen Anzeichen alle da sind. Die Schultern spannen sich an, du atmest schneller. Aber diesmal hättest du mir fast die Finger gebrochen."

„O mein Gott, tut mir leid."

Ivy versuchte sie loszulassen, aber ihre Mom hielt sie fest im Griff.

Sophie legte ihre vereinten Hände in ihren Schoß. „Du hast alles geschafft, was du dir in den Kopf gesetzt hast. Das ist nur eine weitere Sache, meine Liebe. Du wirst genau das sein, was diese Mädchen brauchen."

„Aber ich bin trotzdem noch *ich*", sagte Ivy leise. „Ich bin trotzdem noch hier drin, nicht da draußen." Sie deutete mit ihrer freien Hand auf das Chaos und das Glück, das draußen vor dem Fenster tobte. Deutete, während ihre kleine Schwester Fern den zweieinhalb Jahre alten Tyler Stone hochnahm und ihn im Kreis herumwirbelte. Das freudige Quietschen des kleinen Jungen konnte man durch das Fenster hören. „Mir geht es so viel besser als früher, aber ich werde nie der Mittelpunkt einer Party sein."

„Nein, zum Glück, denn wir haben doch schon Tansy, und mit ihr und deinem Vater ist die Party um uns herum doch schon groß genug." Sophie drehte sich auf dem Platz, um beide Hände von Ivy in ihre zu nehmen. „Als wir dich aus dem Pflegeheim abgeholt haben, hatte ich Panik."

Ivy erstarrte. „Hattest du nicht."

Die Geschichte von Ivys Adoption war im Lauf der Jahre schon oft erzählt worden, aber diese kleine Einzelheit war noch niemals Teil davon gewesen.

Ihre Mutter lächelte, eine sanfte, fast traurige Miene. „Ach, ich weiß. Ich war auch aufgeregt und besorgt und begeistert und zufrieden auf eine Art, die ich bis dahin noch niemals gewesen war. Mit fünfundzwanzig Jahren, dein Vater war achtundzwanzig, waren wir so bereit, eine Familie zu haben."

„Dann hattest du plötzlich eine Vierjährige, die zart und zerbrechlich ..."

„Und perfekt", ging Sophie dazwischen. „Du warst perfekt. Ja, wir haben eine Menge Zeit im Krankenhaus verbracht. Wir haben eine Menge Zeit damit verbracht, dich kennenzulernen und herauszufinden, wie wir dich auf eine Art lieben, die besser zu deinem stillen Wesen gepasst hat. Denn genau das warst du, und was du in unsere Familie eingebracht hast. Wir wären äußerst undankbare und herzlose Menschen gewesen, hätten wir erwartet, dass du irgendwas anderes bist außer du selbst."

„Du warst doch immer einfach nur liebevoll", versicherte ihr Ivy. „Meine ersten Erinnerungen an dich sind dein Lächeln. Und dass du mich umarmst." Sie rümpfte die Nase. „Und dass Dad irgend so eine seltsame Maske mit Hörnern aufhatte, durch die ich mich besser mit meiner normalen Sauerstoffmaske fühlen sollte."

Sophie lachte. „Ach, die Maske. Ja, das war eine kreative Anwandlung von ihm."

Ivy nickte langsam. „Aber du hattest Angst? Mich nach Hause zu holen?"

„Ich hatte keine Angst um deinetwegen. Ich wusste, dass du genau das sein würdest, was wir brauchen. Du hast uns zu einer Familie gemacht, weißt du. Und Familien? Das konnte ich. Deine Oma hatte bereits mich, sich und meinen Vater vor Jahren in eine Familie verwandelt, also hatte ich so eine Ahnung, wie man eine Familie gründet."

Großmutter Sonora war erst achtzehn gewesen, als sie sich in einen Witwer verliebt hatte, den Vater einer neunjährigen Tochter. Ivy hielt ihre Großmutter für eine krasse Frau und liebte sie wie sonst was.

„Ich hatte Angst, dass du mich nicht lieben würdest", sagte Sophie leise.

Ivy schüttelte verwirrt den Kopf. „Das verstehe ich nicht."

„Weißt du, bis dahin waren alle in meiner Welt, weil sie das so gewählt haben." Ihre Mutter hob ihre Schultern in einer sanften Bewegung. „Dein Vater und ich haben beschlossen, Zeit zusammen zu verbringen, und daraufhin haben wir uns verliebt. Deine Großmutter hat mich als Tochter gewählt. Meine Freunde, meine Arbeit, meine Welt – allen Leuten, die ich kannte, war ich wichtig. Sie waren alle da, weil sie irgendwann beschlossen haben, dass ich wertvoll und liebenswert war. Das ist vielleicht nicht das beste Wort."

„Du bist liebenswert", versicherte ihr Ivy.

„Freut mich, dass du das denkst, aber in diesem Augenblick, als ich durch die Tür des Hauses gegangen bin, um dich abzuholen, hatte ich so viel Angst, dass ich mich beinahe übergeben hätte." Sophies Lippen wölbten sich zu einem trockenen Lächeln. „Was, wenn du einen Blick auf mich geworfen hättest und in Tränen ausgebrochen wärst? Oder geschrien hättest?"

„Aber das habe ich nicht."

„Nein. Aber deine Schwester Fern hat es gemacht", sagte Sophie grummelnd. „Diese Geschichte kennst du. Dieses gesegnete Kind hat drei Monate durchgeschrien, jedes Mal, wenn ich sie deinem Vater abgenommen habe."

„Du musstest dir sein Baseball-Cap aufsetzen und eine Brille, damit sie sich beruhigt." Ivy erinnerte sich. Sie hatte fast keine Erinnerungen daran, als Rose adoptiert worden war – Ivy war fünf gewesen und Rose damals drei – aber Fern war als Neugeborenes angekommen, als Ivy elf gewesen war und Rose neun, und diese Erinnerungen waren deutlicher. Schärfer. „Fern war sehr laut."

„Sie ist aber schön groß geworden." Sophie schaute aus dem Fenster, sie lächelte, während die Sperenzchen dort weitergingen. „Du warst schon vierzehn, als sich Tansy unserer

Familie angeschlossen hat." Sie wies auf Tansy, die Dustin Stone verfolgte, als wäre sie ein Monsterschneemann, die Arme hoch erhoben, den Mund geöffnet, während sie brüllte. „Siehst du, was sich verändert hat, seit jener Zeit?"

„Hat sich was verändert?", fragte Ivy trocken. „Sie macht immer noch Schwierigkeiten."

Sophie lachte. „Aber gehen wir doch zurück zu diesem ersten Augenblick mit dir und gehen ein Stück nach vorne. Als wir die Tür geöffnet hatten, warst du da. Du hast still da gesessen, mit deiner Tasche auf dem Schoß, und auf uns gewartet."

„Ihr habt mich gefragt, ob ich bereit wäre, nach Hause zu gehen." Ivy wusste nicht, ob diese Erinnerung von ihr war, oder sich gebildet hatte, nachdem sie die Geschichte im Lauf der Jahre eine Million Mal gehört hatte.

Sophie schluckte schwer. „Da wurde mir klar, dass es keine Rolle spielte, wie viel Angst ich hatte. Es spielte nicht mal eine Rolle, ob du mich liebtest, denn ich hatte genug Liebe in mir für uns beide."

Inzwischen schniefte auch Ivy. „Ich liebe dich. So sehr."

„Ich weiß", flüsterte ihre Mutter. „Genauso, wie du bereits Chloe und Harper liebst. Was bedeutet, wenn du nicht da draußen sein und rumlaufen kannst, na ja, dann zeigst du ihnen die Liebe eben auf eine stillere Art. Du wirst eine sanfte Hand sein, die sich um ihre Verletzungen kümmert. Du wirst der Ort sein, an den sie zum Trösten kommen. Jemand, mit dem man Freuden und Sorgen teilt, bei dem nicht erforderlich ist, dass Feuerwerke oder Kanonenschüsse losgehen."

Ein sanfter Frieden beruhigte das ziehende Pulsieren in ihrem Inneren. „Gibt es ein Buch, wo ich lernen kann, wie man echt tollen mütterlichen Rat gibt?", fragte sie. „Denn du bist darin echt gut."

Sophie beugte sich vor und gab ihr einen Kuss. „Ein Schritt

nach dem anderen, meine Liebe. Ein Schritt nach dem anderen.“

Sie umarmten sich. Die Liebe ihrer Mutter wärmte Ivy genauso, wie es ihre Umarmung tat.

Ivys Handy läutete. Da sie von dem süßen Augenblick mit ihrer Mutter abgelenkt war, zog sie in Erwägung, die Nachricht auf die Mailbox gehen zu lassen. Trotzdem warf sie einen Blick auf das Display.

Ihr Herz schlug ihr bis zum Hals, als die Nummer angezeigt wurde. *Ach du meine Güte.* Sie beeilte sich, ranzugehen. „Hallo?“

„Hi, Ivy. Hier ist Jennifer Tait. Ich weiß, das ist in letzter Minute, aber wenn Sie bereit sind, sind wir es auch. Alles ist unterschrieben. Ich kann die Mädchen heute Abend vorbeibringen, oder morgen Vormittag ...“

„Heute Abend“, ging Ivy dazwischen, Adrenalin strömte in ihren Körper. „Oh, bitte, heute Abend ist toll.“

„Dann sehen wir uns in einer Stunde.“ Jennifer legte auf.

Ivy starrte einen Augenblick lang ausdruckslos das Handy an, bevor ihre Mutter sie in den Arm stieß. „Ivy?“

Sie schaute ihrer Mutter in die Augen, die Verwunderung des Augenblicks ließ ihre Stimme beben. „Sie sind auf dem Weg.“

3
___

Was Ablenkungen betraf, wusste Walkers
erweiterte Familie, wie man es machte.

Luke und Kelli hatten sich mit Calebs Mädchen
zusammengetan, und die vier warfen Schneebälle in
unterschiedliche Richtungen, ganz gleich, was sie trafen. Die
wilden Geschosse machten es schwierig, unbeschadet über den
Hof zu kommen.

Walker duckte sich hinter einen Baum, trat dabei fast auf
Tucker und Ginny. Seine Schwester und ihr Verlobter waren
damit beschäftigt, einen Schneeball nach dem anderen zu
machen, die sie in einem großen Stapel aufbauten.

„Wenn es euch nichts ausmacht", sagte Walker, der einen
ganz oben vom Stapel klaute.

„Hey, die sind für die Entscheidungsschlacht", beschwerte
sich Ginny, doch sie warf ihm einen Luftkuss zu. „Ivy winkt dir
von der Veranda aus. Brich zu ihr durch – wir geben dir
Deckung."

Walker schaute hinter seinem Baum hervor, prüfte, wie

96

wild die Schlacht zwischen ihm und seinem Ziel tobte. „Ich gehe ... jetzt!"

Er rannte auf den Hof, wich nach rechts aus und rollte sich ab. Als er wieder hochkam, ging direkt vor ihm ein verblüffter Schrei los. Sein jüngerer Bruder stand vor ihm, schockiert durch Walkers plötzliches Auftauchen. Dustin wankte und ruderte mit den Armen, während er ums Gleichgewicht kämpfte.

Zu verführerisch. Walker bewegte sich nur weit genug, um seinen kleinen Bruder wieder zurückzustoßen.

„Unfair", rief Dustin, ein Knurren folgte, als der Schnee unter ihm quietschte.

Eine plötzliche Befriedigung kam auf. Nach einem raschen Blick zu beiden Seiten, um sicherzustellen, dass er nicht gleich überfallen werden würde, schloss Walker den letzten Abstand zwischen sich und Ivy, die auf der hinteren Veranda auf ihn wartete.

Er bewunderte die hübsche Farbe ihrer Wangen, dann runzelte er die Stirn, als ihm klar wurde, dass sie die Jacke angezogen hatte, aber noch Hausschuhe trug und keine Handschuhe oder Mütze. „Du musst dir ein Paar..."

„Sie kommen. Jetzt. Ich meine, gleich jetzt."

Walker hielt inne, schaute sich im Hof die ganze Familie an. Er sah nicht, dass jemand fehlte ...

Oh. Oh, verflixt.

Er nahm Ivys Finger. „Die Mädchen? *Jetzt?*"

Sie lachte. „Du siehst so aus, wie ich mich fühle. Ach, Walker. Sie sind unterwegs. Sie werden in knapp einer Stunde hier sein."

Er hob sie hoch und wirbelte sie im Kreis, bevor er sie heftig küsste. Als er sich schließlich wieder unter Kontrolle hatte, war der Lärm vom Hof zu einem dumpfen Rauschen verblasst.

Caleb schaute ihn an. „Neuigkeiten?"

Walkers Herz hämmerte so fest, dass er davon vibrierte. „Sie sind unterwegs."

Ein Jubel kam auf, der von einem Dutzend anderer wiederholt wurde.

Dann stieß Tansy einen Pfiff aus, laut und scharf, sodass sie die Aufmerksamkeit der ganzen Gruppe auf sich zog, während sie auf einen schneebedeckten Picknicktisch sprang. „Okay, alle raus aus dem Wasser. Folgt dem Plan. Wir werden alle geduldig warten, bis wir dran sind, um die süßen Neuzugänge zu treffen."

Mit schwingenden Armen, als wäre sie ein Verkehrspolizist, brachte Tansy Bewegung in die Masse. Es wurde weiterhin gelacht, und alle seine Geschwister hielten kurz auf dem Weg nach draußen inne, um Walker auf den Rücken zu klopfen. Doch wie Magie war der Hof nur wenige Augenblicke später leer.

Erheitert führte Walker Ivy zurück in das Innere des warmen Hauses.

Sie schüttelte den Kopf, während sie sich die Jacke auszog. „Ich kann nicht glauben, dass sie alle einfach so gegangen sind. Was für einen Plan hat Tansy denn da erwähnt?"

„Da bin ich genauso außen vor wie du", gab Walker zu.

Obwohl er froh war, dass jemand einen Plan gemacht hatte. Er und Ivy wollten die ersten Tage mit den Mädchen im Haus ruhig und friedlich gestalten, und das war nicht das, was hier gerade fast passiert wäre.

„Tansy und Kelli haben sich das einfallen lassen", setzte Sophie sie in Kenntnis. Walker spähte um Ivy herum, um seine Schwiegermutter an der Eingangstür zu finden. Sie hatte bereits ihre Stiefel an, und Malachi schob ihr ihre Jacke über die Schultern. „Falls wir rasch raus müssen. Wonach es ja ganz aussieht."

Ivy raste durch das Zimmer, um ihre Mom zu umarmen, während Malachi Walkers Handschlag entgegennahm.

„Ihr braucht nicht gehen", erklärte ihnen Ivy.

„Wir freuen uns bereits darauf, die Mädchen kennenzulernen, aber dieser Augenblick ist für euch", beharrte Sophie. Sie schaute zu ihrem Mann. „Was bedeutet, dass wir nicht mit dem Auto um die Ecke stehen bleiben und dann im Spiegel einen verstohlenen Blick zurückwerfen."

Malachi presste sich eine Hand auf die Brust. „Würde ich so etwas machen?"

Sie hob eine Augenbraue.

Er grinste verlegen. „Du kennst mich zu gut. Komm schon, Süße. Lass den Jungen noch einen Augenblick, bevor sie ihre Familie treffen."

Walkers Herz hüpfte erneut. Ihre Familie.

Ihre *Mädchen.*

Die Tür schloss sich hinter seinen Schwiegereltern, und die plötzliche Stille füllte seine Ohren.

Ivy ließ die Hand in seine gleiten und zog ihn ins Wohnzimmer aufs Sofa, dann setzten sie sich Seite an Seite hin. Sie legte ihm den Kopf auf den Arm, und sie saßen einen Augenblick nur da. Ruhe kam über sie.

Sie war täuschend. Seine Gedanken rasten. Ivy kämpfte vermutlich gegen das gleiche Gefühl an.

„Hast du ein bisschen Angst?", fragte Ivy.

„Ja", gab er offen zu. „Aber jedes Mal, wenn die Angst zuschlägt, denke ich daran, was die Mädchen jetzt grade empfinden könnten, und das macht mich echt schnell nüchtern." Er legte den Arm um sie, zog sie dicht an sich und holte sich Kraft aus dem Kontakt. „Es wird manchmal eine Herausforderung sein, und das wissen wir. Teufel auch, meine Eltern haben sich mit fünf von uns herumgeschlagen, sechs in den Sommern, wenn Tucker da war. Die wollten sich bestimmt die Haare bei den Spielen raufen, die wir uns alle einfallen ließen."

„Meine Eltern mussten sich mit Tansy herumschlagen", entgegnete Ivy trocken, bevor sie sich dichter an ihn schmiegte. „Nur ein Spaß. Wir waren aus unterschiedlichen Gründen alle gleichermaßen herausfordernd, aber ich weiß, wie wertvoll das alles war."

„Genau. Sie sind Kinder. Sie haben es verdient, geliebt zu werden. Das können wir ihnen geben. Den Rest?" Er gab ihr einen Kuss auf die Schläfe. „Da werden wir uns schon durchboxen."

„Zusammen", sagte Ivy entschlossen. Sie atmete heftig aus, dann nickte sie, ihre Finger zogen Kreise auf seinem Oberschenkel. „Ich liebe dich, Walker."

Er war so verloren. „Ich liebe dich, Snow."

Die Stille war noch da, aber jetzt pulsierte darin etwas, das man nur als Hoffnung bezeichnen konnte.

Als die Türklingel läutete, fuhr er nicht aus der Haut. Er drückte Ivy nur einmal mehr, dann stand er auf und ging zur Tür.

Ihre Sozialarbeiterin Jennifer stand auf der Veranda, redete leise mit den Mädchen. Harper und Chloe trugen beide Rucksäcke, wie sie Walkers Nichten für die Schule nutzten, und sie hatten kleine Rollkoffer dabei.

Das waren alle ihre Besitztümer.

„Hallo. Wir sind hier", sagte Jennifer fröhlich.

„Kommt rein." Walker ging nach draußen. „Ich nehme eure Koffer für euch."

Jennifer deutete auf die Tür. „Kommt schon, Mädchen."

Chloe bewegte sich als Erste. Sie nahm die Finger ihrer kleinen Schwester. „Schon okay, Harper. Das ist unser neues Haus, weißt du noch?"

Harper zuckte mit den Schultern, doch sie ging vor. Ihr

plötzliches Keuchen ließ Walker eilig nachsehen, was passiert war.

Harper hatte sich aus Chloes Griff gelöst und war herübergelaufen, um ehrfürchtig Ivy anzustarren. „Du bist hier."

Ivy lächelte und kniete sich hin, um an Harpers Jacke den Reißverschluss zu öffnen und ihr aus den Stiefeln zu helfen. „Das ist mein Haus. Und jetzt ist es auch eures."

Walker stand mit den Koffern an der Tür und bot Jennifer eine Hand. Leise sagte er: „Danke, dass Sie sie heute vorbeigebracht haben."

„Das hat für alle am besten funktioniert", sagte sie leise. „Das Pflegeheim, in dem sie waren, hat eine neue Familiengruppe angenommen, die morgen eintrifft."

Chloe hatte noch einen Stiefel an, darum beugte sich Walker hinab, um ihr zu helfen. „Ich mag deine Stiefel", sagte er zu ihr. „Einhörner sind meine zweitliebsten Tiere."

Sie beäugte ihn.

„Meine Lieblinge sind Pferde", erklärte er. „Weißt du noch, dass ich dir erzählt habe, wir hätten Pferde auf der Ranch? Und auch ein paar hier am Haus. Ihr werdet lernen müssen, wie man sich bei ihnen verhält, damit ihr auch rausfinden könnt, wie viel Spaß sie machen."

Ivy erhob sich. „Jennifer. Möchten Sie Tee? Ich wollte gerade einen machen."

Die Sozialarbeiterin schüttelte den Kopf. „Ich muss los. Ich sollte euch alle einfach zur Ruhe kommen lassen." Sie bückte sich hinab und schaute den Mädchen in die Augen. „Ihr habt ein gutes Heim für immer. Ich komme in ein paar Tagen vorbei, um die wunderbaren Dinge zu hören, die ihr mir dann erzählen könnt."

Chloe nahm sich Harper, und die beiden standen wie eine zusammengeschweißte Statue da.

„Erst mal Tschüss. Wir sehen uns bald", versprach Jennifer. „Ivy, Walker. Seien Sie gesegnet."

„Sind wir bereits", sagte Walker.

Er schloss die Tür hinter ihr und fragte sich, was für ein Gefühl er hatte. Als würde er Schmetterlinge auf den Fingerspitzen balancieren. Wertvoll und zart und so zerbrechlich.

Er drehte sich um, um drei Blicke auf sich zu spüren.

Es war Zeit, sich mal an dieser Vatersache zu probieren. „Eure Mommy und ich dachten, ihr möchtet als erstes euer Zimmer sehen. Bringen wir eure Sachen hin", schlug Walker vor.

Er schnappte sich ihre Koffer und trug sie den Gang entlang zum größten der drei Schlafzimmer, die sie angebaut hatten.

Hinter ihm lotste Ivy die Mädchen weiter. Ihre leise Stimme klang sanft, aber klar. „Erst einmal haben wir euch ins selbe Zimmer gebracht. Wenn ihr später mal ein eigenes Zimmer wollt, werden wir alles umgestalten."

Eine der Geschichten, die Ivy ihm erzählt hatte, war, wie sie und ihre Schwester Rose in den frühen Jahren oft im selben Bett gelandet waren. Sie konnten es auch gleich so erwarten.

Walker stellte die Koffer auf dem Boden ab, dann beobachtete er interessiert ihre Reaktionen.

Ein weiteres Mal schnappte sich Chloe Harpers Hand, aber jetzt war es wohl eher, um sich aufrecht zu halten. Sie schaute sich mit großen Augen im Raum um, nahm alles auf, als wäre es Magie und könnte jeden Augenblick verschwinden.

Ivy und ihre Schwestern hatten es toll gemacht, den Raum einladend zu gestalten. Die Decken auf den Betten waren Regenbögen, und die blassgelben Wände zeigten bunte Bilder von Alltagsgegenständen. Neonpinke Schuhe. Einen sonnengelben Ballon. Zwei Welpen in leuchtend blauen Zylinderhüten.

Chloe lächelte, als sie die entdeckte.

Walker merkte sich vor, den Mädchen die Tiere auf Silver Stone so bald wie möglich vorzustellen, besonders die Hunde und Kätzchen. Außerdem musste er weiter an Ivy arbeiten, was seine Vorstellung betraf, einen Hund für die Familie anzuschaffen, wenn es passte.

Aber vorerst machte er dieses kleine, doch wichtige Ding, sich die ganze Zeit immer mehr zu verlieben.

Walker setzte sich neben Harper auf den Boden, öffnete ihren Koffer und hörte zu, während sie ihm ernsthaft erklärte, was jeder Gegenstand darin war, und was sie am liebsten hatte. Sie häufte eine karge Ansammlung an Kleidung in ordentlichen Reihen in ihrer Kommode an. Sie plauderte über ihren Stoff-Elch und fand den perfekten Ort für ihn auf ihrem Bett für große Mädchen.

Dann wurde sie abgelenkt und stieg auf Chloes Bett, um zu sehen, was ihre große Schwester machte.

Es war ein Bild, das Walker in alle Ewigkeit in Erinnerung halten wollte.

Ivy saß auf dem Bett, sie lehnte an der Wand. Chloe beugte sich so dicht heran, wie sie konnte, ohne sie zu berühren. Die beiden waren in ein Bilderbuch vertieft, während Ivy dramatisch vorlas. Ein halbes Dutzend weitere Bücher lagen auf der Matratze neben ihnen verteilt.

Chloes Koffer war immer noch halb voll. Das Bücherregal an der entgegengesetzten Wand hatte offensichtlich höher rangiert als das Auspacken.

Walker schob den Koffer zur Seite, damit er sich ihnen anschließen konnte. Das Auspacken konnte warten. Gerade jetzt lauschte seine Familie einer Geschichte.

4

———

Jeder Vormittag würde sein wie ein Neuanfang, dachte Ivy. Manche würden gut sein, manche etwas holpriger. Aber jeder Morgen war auch ein weiterer Tag, der sie in eine stärkere Familie verwandelte.

Sie und Walker hatten sorgsam bedacht, wie man den Übergang so leicht wie möglich für die Mädchen gestaltete. In ihrer ersten gemeinsamen Woche hatten sie einfache Mahlzeiten und Aktivitäten geplant, die ruhig waren, aber einladend.

Die Familie sollte langsam vorgestellt werden, aber bald, und beginnend mit dem allerersten Vormittag mit Ivys eifrigen Eltern.

„Hallo, Mädchen", sagte Sophie leise, während sie sich auf das Sofa setzte und eine große Handtasche auf dem Boden abstellte. „Ich bin eure Oma. Das bedeutet, mein Job ist es, euch Geschichten zu erzählen und euch zu kuscheln und eine Menge Spaß miteinander zu haben."

Harper kam näher, ein liebenswertes Stirnrunzeln trat auf ihr Gesicht. „Omma?"

Sophie grinste. „Klar. Ich habe noch andere Namen, aber das ist ein besonderer, den ihr benutzt."

„Carter hat eine Oma", setzte Chloe sie offen in Kenntnis. „Die erzählt keine Geschichten."

„Na ja, diese Omma macht es", erwiderte Sophie locker und nutzte Harpers Aussprache.

Das Lächeln ihrer Mutter war allerdings kurz ein bisschen weniger strahlend, und Ivy spürte auch diese Woge der Sorge. Das Erwähnen der Situation ihres Bruders schien niemals positiv zu sein. Chloe und Harper sprachen oft von ihm, und offensichtlich war er ihnen wichtig, aber irgendetwas stimmte nicht.

Ivy und Walker hatten zugestimmt, dass es wichtig war, die Geschwisterbesuche weiter zu betreiben. Sie hatten bereits für später in der Woche einen ausgemacht. Hoffentlich würden einige ihre Ängste zur Ruhe kommen, wenn sie Carters Großmutter persönlich kennenlernten.

Sophie beugte sich vor, bis sie und Chloe sich in die Augen sahen. „Möchtet ihr gerne in die Tasche schauen? Wir haben einige Bücher dabei. Vielleicht könnt ihr mir sogar eins davon vorlesen."

Während Chloe sich auf die Tasche stürzte, wandte Ivy ihre Aufmerksamkeit dem zu, was Walker, Harper und Malachi vorhatten.

Sie hatte im Lauf der Jahre ihren Dad alle möglichen wilden Sachen machen sehen, also hatte sie sich gedacht, dass er begeistert sein würde, Enkelkinder zu haben. Und der Anblick, wie er auf dem Boden mit Harper Barbie spielte, war unbezahlbar.

Einen Augenblick später war klar, dass die Puppen Rollen in einer Märchengeschichte übernommen hatten. „O nein. Ein Bär kommt in das Haus, in dem Goldlöckchen schläft." Ivys Vater hatte einen außergewöhnlich pelzigen Mantel über den

Puppenkopf gezogen, sodass sie aussah wie ein Bär. „Grrrr, wer hat sich auf mein Stühlchen gesetzt?"

„*Grrrr*", wiederholte Harper, ein liebenswerter Babybär, ohne sich auch nur groß ins Zeug zu legen. „*Grrrr, Oppa.*"

Ivys Eltern gingen kurz vor Mittag mit dem Versprechen, später in der Woche die Familie zum Essen einzuladen.

„Ich fange mal mit der Suppe an", bot Walker an. Er wandte sich an Chloe. „Komm und hilf mir, Sandwiches zu machen."

„Wir werden hier drin aufräumen", sagte Ivy, die Harper immer noch hielt, nachdem ihr Vater um eine Umarmung zum Abschied gebeten und sie auch bekommen hatte. „Stimmt's, Süße?"

Harper presste Ivy die Hände aufs Gesicht. „Engelsdame."

Oje. Das musste man umleiten. „Ich bin kein Engel. Ich bin deine Mommy. Und wir haben Aufgaben zu erledigen, bevor wir mit Daddy und Chloe zu Mittag essen können. Kannst du helfen? Wir legen die Spielsachen in einen Eimer, und dann stellen wir die Bücher von Omma und Oppa aufs Regal."

„Ich mag Oppa", setzte Harper sie in Kenntnis.

„Ich auch", sagte Ivy fröhlich. Sie nahm sich ein paar Puppenkleider und wollte sie in eine Tasche stopfen …

Sie hätte sich schwören können, dass ein Gesicht am Fenster erschienen war.

„Was war das?" Ivy erhob sich und spähte nach draußen.

Drei Gesichter neigten sich zu ihr. Ihre Schwestern, eingepackt in der Kälte, hockten unter dem Fenster.

Ivy wackelte mit dem Finger vor ihnen, aber auch Erheiterung machte sich breit. „Ihr sollet doch noch gar nicht hier sein", tadelte sie.

„Ich weiß, wir sind früh dran, aber wir können es nicht erwarten. Bitte lass uns rein", bettelte Tansy.

Als hätte sie sie weggeschickt. Ivy winkte sie zur Eingangstür.

„Benehmt euch", warnte sie, bevor sie Walker rief. „Wir brauchen mehr Suppe. Meine Schwestern sind da."

Walker steckte den Kopf um die Ecke, als sich die Vordertür öffnete, und Tansy, Rose und Fern hereinströmten. „Dachte ich mir. Hallo die Damen. Wascht euch die Hände. Ihr kommt genau richtig zum Mittagessen."

Harper schob das letzte Buch ins Regal und stand jetzt mit den Armen um Ivys Bein geschlungen da, den Daumen im Mund.

Ivy nahm ihre jüngste Tochter hoch. „Harper, das sind meine kleinen Schwestern. Sie sind größer als deine Schwester, aber sie sind immer noch kleiner als ich. Sie werden mit uns zu Mittag essen, darum müssen sie sich die Hände waschen. Kannst du ihnen zeigen, wo wir das machen?"

Harper drückte fest Ivys Hals, aber sie nickte und wand sich, damit sie sie absetzte. „In meinem Bad. Ich hab Seife. Die macht schöne Blasen."

Sie marschierte vor, gefolgt von den drei begierigen Erwachsenen, die es alle irgendwie schafften, sich in das Bad zu quetschen und trotzdem noch Harper Platz zu lassen, während sie den kleinen Hocker herüberzog, den sie brauchte, um das Wasser anzustellen, und hinaufstieg.

Zu Ivys Freude wusch sich Harper nicht nur selbst die Hände, sondern überwachte und half auch beim gesamten Händewaschen.

Fern hatte ihre Prothese heute Vormittag weggelassen. Harper deutete auf Ferns kurzen linken Unterarm. „Autsch."

Fern lachte. „Nein, kein Autsch. Ich wurde mit so einem winzigen Arm geboren. Ich habe nur kleine Strümpfe statt Finger, siehst du?" Sie zeigte es Harper und ließ sich von ihrer neuen Nichte berühren. „Ich habe einen ganz besonderen

Roboterarm, den ich manchmal trage, aber manchmal nehme ich ihn ab."

Harper wackelte mit ihren zehn Fingern und zwei Händen in der Luft. „Meine bleiben dran."

„Ja", sagte Fern erheitert. „Deine sitzen da ganz fest dran. Aber beide Arten von Händen sind gut. Und wir sind alle fertig. Bist du bereit, mich zum Mittagessen zu bringen?"

Harper trocknete sich die Hände noch einmal ab und nahm dann vorsichtig Ferns rechte Hand mit den Fingern. „Keine Finger am winzigen Arm."

„Nur ganz kleine. Du kannst sie trotzdem halten, wenn du möchtest", versicherte Fern Harper, während sie sie durch den Gang zur Küche zog.

Rose legte einen Arm um Ivy. „Sie ist ein Schatz."

„Das sind beide Mädchen." Ivy legte den Kopf an Roses Schulter. „Danke, dass ihr früher gekommen seid, selbst wenn ihr damit Tansys großen Plan zerstört habt."

„Tansy hat ihn gemacht, also dachte ich mir, sie kann ihn auch kaputtmachen", sagte Rose mit einem Zwinkern. „Komm schon, ich möchte auch Chloe kennenlernen."

Ein weiterer perfekter Augenblick folgte. Ein Tisch mit ihren Schwestern, ihrem Mann und ihren Töchtern. Tansy, Rose und Fern blieben im besonders stillen Modus, aber erzählten trotzdem noch Geschichten und teilten glückliche Gedanken mit, und am Ende lächelte sogar Chloe sie ein paar Mal an.

Das Mittagessen ging in den Nachmittag über. Ivys Schwestern brachen auf. Es gab Nickerchen, weitere Geschichten wurden gelesen. Abendliche Rituale wurden begonnen, mit Familienzeit und Kuscheln und ins Bett gesteckt werden.

Am vierten Morgen, nachdem die Mädchen eingetroffen waren, kam Ivy in ihr Zimmer, um festzustellen, dass Harper sich auf dem Boden zusammengerollt hatte, ihr Stoffelch unter dem Kopf als Kissen. Sie hatte die Decke vom Bett gezogen. Es war leicht, den Grund für den Ortswechsel herauszufinden. Harpers Bett war nass, und ihre durchfeuchtete Schlafanzughose war auf dem Betttuch zurückgeblieben.

Arme Kleine. Ivy ging auf den Boden, strich Harper die Haare aus dem Gesicht. „Hey, Süße. Hattest du einen Unfall?"

Harper wimmerte und schmiegte sich fester an den Elch.

Einen Augenblick später war Chloe da, schob sich zwischen Ivy und Harper.

Ivy ging zurück, um ihnen beiden Platz zu lassen. „Schon okay. Unfälle passieren, und wir haben eine Waschmaschine und einen Trockner. Aber lassen wir dir doch ein schönes warmes Bad ein, bevor du dich anziehst. Willst du mit ihr baden, Chloe?"

Chloe nickte. Sie zog die verschlafene Harper auf die Beine, dann zerrte sie sie zum Bad.

Es war nicht das erste Mal, dass Ivy bemerkte, wie Chloe ihre Schwester beschützte. Das Verhalten war zu erwarten, doch eine weitere Erinnerung daran, dass sie diese Familie ganz von Grund auf aufbauten.

Es würde Zeit brauchen. Das war okay.

Ivy nahm die Betttücher und steckte sie in die Waschmaschine, aber selbst nachdem sie gewaschen waren, hing immer noch ein seltsamer Geruch im Zimmer der Mädchen.

„Ich verstehe das nicht", erklärte sie Walker leise, während sie das Essen zubereiteten. Die Mädchen deckten den Tisch, Geschirr und Besteck klapperten. „Die Betten sind frisch, aber irgendwie riecht's da immer noch komisch."

„Hätten wir zwei kleine Jungs, würde ich dir sagen, so riechen die halt eben, aber lass mich mal nachsehen." Walker schlüpfte weg.

Er war nur ein paar Minuten später zurück, sein Gesicht nicht zu deuten, während er eine Papiertüte neben ihr auf den Tresen stellte.

„Was ist das?" Abgesehen davon, dass es ziemlich stank.

„Essen", sagte Walker leise. „Zum Großteil Sandwiches. Ich glaube, von damals, als Chloe mir beim Essenmachen geholfen hat. Aber ich sehe auch ein halbes Sandwich mit gegrillten Käse vom Mittagessen gestern und ein paar Brötchen vom Abendessen gestern Abend."

Ivy war immer noch verwirrt. „Wo war das?"

„In Chloes unterster Schublade in der Kommode."

Oh. Ivy seufzte. „Sie versteckt Essen. Für den Fall, dass wir ihnen nichts mehr geben?"

Walker zog sie an sich und drückte sie fest. „Atme, meine Liebe. Wir kriegen sie da schon durch. Sie ist immer noch unsicher und entschlossen, Harper auf jede Art zu schützen, wie sie nur kann."

„Und vermutlich lag sie richtig damit, in der Vergangenheit Zeug zu verstecken." Ivy nickte. „Wir müssen mit ihr darüber reden."

Einen weiteren Augenblick lang blieb sie allerdings da, holte sich Kraft von Walker. Sie mussten wohl ein bisschen jonglieren, und sie war so froh, dass sie ihn an ihrer Seite hatte.

5

Sie warteten, bis das Mittagessen vorbei war. Walker holte eine Kiste mit LEGO für Harper heraus, stellte sie in die Nähe, damit Chloe ihre kleine Schwester sehen konnte, aber weit genug weg, damit Harper nicht zuhören konnte.

Ivy holte tief Luft, dann lächelte sie ihre älteste Tochter an. Sie betete um Weisheit, wie ihre Mutter sie so oft im Lauf der Jahre an den Tag gelegt hatte. „Daddy und ich müssen mit dir über was Wichtiges reden."

Chloe hielt sich an ihrem Stuhl fest, ihre Beine stießen wild nach vorne. Sie ließ die Zähne in die Unterlippe sinken, auf ihrem Gesicht stand Sorge.

„Dass du und Harper bei uns wohnt, macht uns sehr glücklich. Wir wollen eure Mommy und euer Daddy sein, und das bedeutet, dass wir versprechen, uns immer um euch zu kümmern."

Chloe warf einen Blick auf Walker, dann zurück auf Ivy. „Unsere andere Mommy ist nicht glücklich."

„Nein. Eure leibliche Mommy ist krank, aber sie liebt euch

und will, dass ihr in Sicherheit seid und gesund und dass ihr eine Menge zu essen bekommt." Walker sagte das ganz leise, doch Chloe fing an, sich zu winden. „Darum war sie einverstanden, dass wir für immer eure Mommy und euer Daddy sein sollen. Das wird sich niemals ändern. Ihr seid jetzt für immer unsere Familie. Also müsst ihr euch niemals mehr Sorgen machen, dass ihr hungrig seid oder friert, und du musst dir keine Sorgen machen, dass Harper hungrig ist oder friert."

„Bei *ihr* ist es kalt", flüsterte Chloe.

„Ihr geht nicht zurück in dieses andere Haus", sagte Ivy leise. „Wir sorgen dafür, dass unser Haus – *euer* Haus – schön warm bleibt. Und dass es immer was Gutes zu essen gibt."

„Das Mittagessen war gut", sagte Chloe. „Das fand auch Harper."

„Das freut mich", sagte Ivy, die einen Korb auf dem Tresen erspähte und eine Idee bekam. „Aber manchmal habt ihr vielleicht Hunger, wenn es nicht gerade Zeit für Mittagessen oder Abendessen ist. Wisst ihr, was man dann macht?"

Chloe schüttelte den Kopf.

„Na ja, ihr könnt mich oder Daddy fragen, und wir machen euch einen Snack." Ivy schaute Walker in die Augen. „Außerdem machen wir ein paar besondere Snacks, die immer fertig sind. Wenn ihr einen wollt, könnt ihr ihn essen. Klingt das gut?"

Der Unglauben stand ihr ins Gesicht geschrieben, doch Chloe nickte.

„Die einzige Regel ist, Snacks werden am Tisch gegessen. Es ist kein Essen in eurem Zimmer oder in den Spielzimmern erlaubt. Kannst du dir das merken?", fragte Ivy.

Das kleine Mädchen wurde reglos.

„Wir wissen, dass du dir immer noch Sorgen machst, wie die Dinge laufen werden, aber wir lieben dich und Harper, und wir versprechen, dass wir uns darum kümmern, dass ihr immer bekommt, was ihr braucht." Walker stellte die Tüte mit Essen auf die Arbeitsfläche, und Chloe sank zusammen.

„Wir sind nicht wütend, dass du das Essen versteckt hast", sagte Ivy. „Aber dass wir euch lieben, bedeutet auch, dass wir wollen, dass ihr gesund seid. Dieses Essen ist nicht mehr gesund. Also machen wir doch ein paar Tüten mit Snacks zusammen, und dann könnt du und Harper sie essen, wann immer ihr wollt. Du musst kein Essen verstecken, okay?"

Chloe neigte das Kinn, blieb aber still.

Zusammen schnitten sie ein bisschen Obst auf und steckten es in kleine Plastikbehälter, die in die Kühlschranktür passten. Sie gaben Müsli in verschließbare Taschen in Snackgröße.

Harper kam rüber, um sich anzusehen, was los war, gerade rechtzeitig, um auf einen hohen Hocker gesetzt zu werden und zu helfen. Mehr Cheerios lagen auf der Arbeitsfläche als in ihrer Tüte, aber das war ein kleiner Preis, um einen weiteren Schritt in eine glücklichere Zukunft zu gehen.

Besonders als Chloe, nachdem sie damit fertig waren, die Tüten in den Korb und das Obst in den Kühlschrank zu packen, zögerlich zu ihnen sagte: „Ich habe Hunger."

Sie griff in den Korb und zog eine Tüte heraus, beobachtete Walker und Ivy genau, um ihre Reaktion zu sehen.

Auch Harper griff nach einem Snack, bereit, ihn gleich an Ort und Stelle zu öffnen.

Doch Chloe führte sie an den Tisch. „Wir müssen uns hier hinsetzen, um es zu essen."

„Okay. Ich mag Cheerios", verkündete Harper, während sie auf ihren Kindersitz kroch.

„Ich auch." Walker schloss sich ihnen mit einem eigenen kleinen Haufen Cornflakes an. Er schüttete seine auf den Tisch, und Harper hüpfte in ihrem Stuhl auf und ab, beugte sich vor, um ihm zu helfen. Sie fütterte ihn damit, eines nach dem anderen. Er tat so, als würde er an den Fingern knabbern, und Harper kicherte und quietschte mit kindlicher Begeisterung.

Chloe beobachtete alles mit verhaltener Klugheit, die über ihr Alter hinausging, hielt sich mit einem Urteil zurück, war aber vorerst zufrieden.

Ivy dachte ein paar Tage später am Samstag immer noch über die Situation nach, als Chloes und Harpers großer Bruder Carter mit seiner Großmutter zu ihrem Geschwisterbesuch ankam. Die Frau wohnte in einer Kleinstadt weiter im Süden, und ihre Sozialarbeiterin hatte erwähnt, dass es ein bisschen Zeit brauchen würde, um den Besuch zu organisieren. Aber als Ivy angerufen hatte, um das gemeinsame Spielen zu vereinbaren, hatte sie sofort zugestimmt.

Der achtjährige Carter rannte durch die Tür, stieß seine Schuhe von sich, dann krachte er mit einem Ansturm von Begeisterung in Chloe und Harper hinein. Chloe hielt ihn an der Hand, zog ihn begierig zu dem Stapel Spielzeug, das sie und Harper in den offenen Spielzimmerbereich neben dem Wohnzimmer gebracht hatten.

Walker begrüßte die Frau höflich. „Danke, dass Sie Carter vorbeibringen."

„War schon in Ordnung. Ich musste sowieso nach Heart Falls kommen, um ein Paket auf der Post abzuholen. Das verdammte Ding hätte in Lindsor ankommen sollen, aber wurde stattdessen hierher geschickt." Sie schaute sich im Haus um, warf keinen einzigen Blick auf die Kinder. „Hübsches Haus."

„Vielen Dank." Ivy deutete auf den Küchenbereich. „Ich habe Tee oder Kaffee, was immer Ihnen lieber ist."

„Kaffee ist gut. Mit Sahne und Zucker." Stephanie setzte sich auf den Sessel neben den Keksen und genehmigte sich einen. Sie deutete auf den Hinterhof. „Ziemlich großes Grundstück, aber ich weiß ja nicht, mit Ihren Nachbarn."

Ivy hielt inne, dann wurde ihr klar, dass Stephanie den Friedhof auf dem nächsten Grundstück meinte. „Na ja, sie sind auf jeden Fall nett und still."

Stephanie schnaubte. „Ich habe gehört, Sie sind Lehrerin."

„Stellvertretende Schulleiterin an der Grundschule Heart Falls und Klassenlehrerin in der zweiten Klasse. Aber den Rest des Schuljahrs habe ich frei, um Zeit mit den Mädchen zu verbringen."

Ivy stellte den Kaffee vor der Frau ab und setzte sich ihr gegenüber an den Tisch. In dieser Position konnte sie mit Stephanie sprechen und immer noch sehen, wie Carter und die Mädchen zusammen spielten.

Carters Haare waren heller als die der Mädchen, seine Gesichtszüge ein wenig kantiger. Seine Hautfarbe war ein bisschen dunkler, und er war auch dünner, als Ivy es für gesund hielt. Trotzdem lächelte er und lachte, während er ein Auto schob, und Chloe erwiderte das Lachen.

Es war die ganze Mühe wert, ihr Gesicht so strahlen zu sehen.

Walker hatte sich den Kindern angeschlossen, half ihnen unaufdringlich, Teile der Rennstrecke aufzubauen, die sie gestalteten.

„Muss ja schön sein, sich eine so lange Zeit freinehmen zu können", merkte Stephanie an, sodass Ivys Aufmerksamkeit wieder auf ihrem Gast lag. „Ich ackere immer noch im Lebensmittelladen. Es ist immer schwierig, Schichten zu kriegen, besonders wenn man daheimbleiben muss oder arbeiten, je nachdem, wie Carter zur Schule geht." Sie trommelte mit den Fingern auf dem Tisch. „Macht es Ihnen was aus, wenn ich rauche?"

„Tut mir leid, im Haus wird bei uns nicht geraucht", sagte Ivy deutlich. „Aber wenn Sie mögen, können wir rausgehen."

Stephanie wedelte mit der Hand. „Ich schätze, ich kann warten." Sie beäugte die Kinder eine Weile, dann wandte sie sich zurück. „Er ist ein Prachtkerl."

Ivy blinzelte. Oh. Sie sprach nicht von den Kindern. „Walker? Äh, ja."

„Was macht er denn? Ich bin aus der Nachricht von der Sozialarbeiterin irgendwie nicht schlau geworden."

„Walker hat eine Ranch mit seinen Brüdern zusammen."

„Ein Farmer, was?" Stephanie warf ihm noch einen Blick zu, dann schüttelte sie den Kopf. „Zu hübsch, um ein Farmer zu sein. Schade auch, dass Sie keine eigenen Kinder haben konnten. Die wären ja der absolute Hammer gewesen."

Ivys Gehirn und Mund schienen sich voneinander entkoppelt zu haben. Sie konnte sich auf keinen Fall eine höfliche Antwort einfallen lassen.

Nicht, dass Stephanie eine zu brauchen schien. Sie nippte weiter an ihrem Kaffee und plauderte. „Lindsor ist nicht so viel größer als Heart Falls, aber ich glaube, ein viel besserer Ort. Keiner von diesen affigen Großstadtläden versucht dort Fuß zu fassen. Na, ich habe in der Nähe der Post hier in Heart Falls einen Laden gesehen, der im ganzen Fenster nur Blumen hatte, und irgendeinen schicken Kaffeeladen gleich nebenan. Da zahlt man wahrscheinlich zehn Dollar für eine Tasse schlechten Kaffee und einen Kuchen von gestern."

Ivy nippte an ihrem Tee und widerstand dem Drang, Stephanie zu sagen, dass der Laden ihren Schwestern gehörte.

„Nein, Lindsor ist gut genug für mich. Gut genug für diesen Jungen." Sie neigte den Kopf zu Carter. „Wahrscheinlich werde ich mich um ihn kümmern müssen, bis er alt genug ist, um im Gefängnis zu landen, genau wie sein Daddy."

„Man weiß ja nie, wie viel Gutes man in jemandes Leben ausrichten kann, indem man für denjenigen da ist", wandte Ivy ein. „Ich weiß, dass wir in der Schule ..."

„Mein Sohn hat nie auf mich gehört. Ich weiß nicht, warum ich erwarten sollte, dass sein Sohn da irgendwie anders ist", ging Stephanie dazwischen.

Na, gut dann. Diese Besuche würden von jetzt an eher unangenehm werden, da sie nichts gemeinsam hatten und Ivy zunehmend Missfallen an der Frau fand.

Ivy versuchte, verständnisvoll zu sein. Es musste schwer für jemanden wie Stephanie sein, die Ende sechzig war und sich um einen kleinen Jungen kümmerte.

„Wann haben Sie damit angefangen, Carter aufzuziehen?", fragte Ivy. Sie kannte einige Einzelheiten, war aber neugierig, wie Stephanie die Situation darstellen würde.

„Vor sechs langen Jahren", erwiderte Stephanie. „Er war zwei, und seine Mom ist mit dem Mädchen schwanger geworden." Sie deutete auf Chloe. „Ein neuer Freund, der ihn nicht mehr haben wollte. Natürlich hat mein Grant da auch noch zu Hause gewohnt, also hat er ein wenig geholfen. Aber nicht sehr viel, und dann ist er weggelaufen und in Schwierigkeiten geraten, also hatte ich den Jungen jetzt jahrelang allein."

„Wenn Sie möchten, dass wir für Sie auf Carter aufpassen, lassen Sie es uns bitte wissen", bot Ivy an. „Und wenn Sie jemals wollen, dass wir die Mädchen rüber bringen zu Ihnen, um bei Carter zu Besuch zu kommen, sind wir dazu auch mehr als bereit."

„Das sind nicht meine", sagte Stephanie unverhohlen. „Sie haben mich gebeten, die Mädchen aufzunehmen, wissen Sie, als ihre Mutter nicht mehr klarkam, aber der Teufel soll mich holen, wenn ich noch zwei aufziehen möchte. Nicht in meinem Alter. Ist schon schlimm genug, dass ich ein Gör bei mir habe, aber zumindest stammt das von mir ab. Der einzige Grund, warum er was wert ist.“

Ivy kämpfte gegen ihr Temperament, wollte die Frau unbedingt anfahren. Aber sie wollte nicht, dass Stephanie mit den Besuchen aufhörte, nicht, wo doch Chloe und Harper ihren Bruder so eindeutig liebten.

Aber es war gut, dass die Kinder nicht in Hörweite waren, und im Augenblick bei Walker. Wie konnte man so etwas Schreckliches sagen? Wie konnte man so etwas Schreckliches von jemandem denken, ganz zu schweigen von einem Kind?

Ivy atmete tief ein, dann wiederholte sie den wichtigsten Teil. „Na, denken Sie nur dran, wenn Sie jemals Hilfe brauchen, wir stehen zur Verfügung.“

Dann tat Ivy etwas, das sie bei einem anderen Besucher im Traum nicht getan hätte. Sie schob Stephanie die Fernbedienung für den Fernseher hin. „Ich werde etwas Zeit mit den Kindern verbringen. Bitte suchen Sie sich gern selbst Unterhaltung.“

Stephanie schnappte sich die Fernbedienung und klickte auf einen Sender.

Ivy war weg, bevor sie sah, was lief. Sie zog ihre Jacke an und schloss sich Walker und den Kindern an, die sich bereit machten, um im Hinterhof zu spielen.

Walker hob eine Augenbraue. „Alles in Ordnung?“

„Alles bis auf meinen Blutdruck“, murmelte Ivy. „Ich erzähle dir später mehr.“

Die Stunde, in der Stephanie für diesen Besuch zugestimmt hatte, verging rascher, als es sich alle wünschten. Sie versammelten sich auf der vorderen Treppe, Stephanie zog noch ein paar Mal an ihrer Zigarette, während sie über den Garten zum Friedhof starrte und leicht den Kopf schüttelte.

„Zeit zu gehen“, verkündete sie. „Danke für den Kaffee.“

„Ich rufe an, um ein weiteres Treffen für die Kinder zu

vereinbaren. Wir können auch in Ihre Richtung kommen, wenn das einfacher ist", bot Walker an.

Stephanie zuckte mit den Schultern, dann ging sie zum Bürgersteig hinab.

Carter hielt inne, schaute rasch zu Ivy und Walker auf. „Danke für den Besuch und die Plätzchen."

„Gern geschehen. Wir sehen dich bald, okay?", sagte Walker leise.

Chloe und Harper umarmten Carter, dann standen sie mit Ivy und Walker auf der Veranda, winkten immer wieder zum Abschied.

Carter winkte nicht zurück. Er drehte sich um und folgte seiner Großmutter auf dem Bürgersteig ins Auto, konzentrierte sich direkt nach vorne, als wären sie gar nicht da.

Nur dass er sich, als das Auto losfuhr, umdrehte und seine Schwestern anstarrte, bis das Auto außer Sicht war.

6

S*umm. Summ, summmmm.*

Walker wusste nicht, wie spät es war, aber er war noch im Bett, gemütlich und warm. Zwei Wochen waren vergangen, seit die Mädchen eingetroffen waren, und er musste zugeben, dass er die Zeit genoss, die er sich freigenommen hatte, um bei ihnen zu sein.

Silver Stone hatte es so eingerichtet, dass er ganze sechs Monate Elternzeit hatte – seine Familie schenkte ihm wie immer, was er wollte. Dass auch Ivy zu Hause war, machte die Dinge so viel geschmeidiger, während Chloe und Harper sich einlebten.

Außerdem war es auch immer wunderbar, lange zu schlafen. Ivy schmiegte sich an ihn ...

Moment. Sie war nicht nur eng an ihn geschmiegt, sie drängte sich regelrecht auf seine Seite der Matratze.

Oh. Er schob sich hoch und spähte über sie.

Harper lag auf der anderen Seite an Ivy geschmiegt. Den Daumen im Mund, die Finger hielten Ivys Zopf.

Summmm.

Genau. Er war ja geweckt worden. Jemand war an der Tür.

Walker eilte aus dem Bett, schnappte sich einen Bademantel und warf ihn sich über, während er durch das Haus marschierte.

Bademantel. Ach. So einen hatte er noch nie zuvor in seinem Leben besessen, aber es hatte richtig gewirkt, damit er die Mädchen nicht schockte, wenn er durchs Haus eilte, ohne sich ganz anzuziehen.

Er spähte durch das Seitenfenster der Eingangstür und öffnete sie weit, blinzelte vor Überraschung. „Ginny? Tucker?"

„Beweg dich, großer Bruder. Wir haben was zu tun, Speck zu verspeisen." Ginny schob sich an ihm vorbei, ein großer Korb hing an ihrem Arm, während sie ins Haus rief: „Ivy. Wach auf. Chloe, Harper. Ich brauche eure Hilfe."

Seine Schwester war eine Naturgewalt. Walker schüttelte sich die Watte aus dem Gehirn und wandte sich an Tucker. „Guten Morgen, schätze ich."

Der Verlobte seiner Schwester grinste. „Morgen. Tut mir leid, dass wir euch geweckt haben, aber wenn Ginny sich was in den Kopf setzt, lässt sie sich nicht aufhalten."

„Ich weiß", knurrte Walker. Er streckte sich kurz, bevor er sich entschuldigte. „Fühlt euch ganz wie zu Hause. Ginny tut das ja offensichtlich schon."

Tucker lachte und kam hinter ihm rein, während Walker zum Schlafzimmer zurückkehrte, um sich anzuziehen. Er hielt inne, um im Zimmer der Mädchen vorbeizuschauen. Chloe wand sich im Bett, halb wach, halb schlafend.

Sie einen Augenblick lang anzustarren – zu wissen, dass sie endlich hier war, eingepackt und sicher unter ihrem Dach – war eine Notwendigkeit.

Bis er die Tür geschlossen und sein Schlafzimmer erreicht hatte, waren Ivys Augen geöffnet, und sie blinzelte fest. Sie schaute zu Harper, die sich immer noch an sie schmiegte, dann sprach sie leise. „Was ist los?"

„So einiges, schätze ich. Meine Schwester hat beschlossen, bei uns einzudringen. Sie hat Frühstück dabei." Er hielt inne. „Zumindest sieht es so aus, als hätte sie Frühstück dabei."

„Ist das ... Ach, egal. Ist ja Ginny. Ich verstehe es." Ivy legte die Arme um Harper und zog sie näher, das Glück ließ ihr Gesicht strahlen. „Wir sind dann bald mal wach. Das ist zu süß, um es zu verkürzen."

„Sehe ich auch so." Walker beugte sich vor und gab Harper einen Kuss auf die Stirn. „Ich liebe dich auch, Kleine." Dann gab er Ivy einen Kuss. „Dich liebe ich auch."

Sie zwinkerte, schloss die Augen und hielt Harper fest.

Draußen in der Küche hatte Ginny den versprochenen Speck zum Aufwärmen im Ofen, der Kaffee lief durch, und die Pfanne wurde heiß, um Pfannkuchen zu machen.

„Ich schätze, wenn du schon vorhast, das ganze Haus zu wecken, nimmt das Kochen dem Schmerz die Schärfe", scherzte Walker zu seiner Schwester.

Sie stellte eine riesige Tasse Kaffee vor ihm ab, und dann schenkte sie auch bei Tucker nach.

„Was, kein Zucker?", beschwerte sich Tucker.

Ginny stellte die Kaffeekanne auf dem Tisch ab, dann ließ sie sich auf Tuckers Schoß sinken, um ihn heftig zu küssen.

„Meine Augen", beschwerte sich Walker, doch er lachte.

Es war gut, zu sehen, dass seine kleine Schwester so offensichtlich verliebt war. Und Tucker war so gut wie ein Bruder, also war es kein Problem, ihn um sich zu haben.

Tucker seufzte zufrieden, während Ginny aufsprang. Er tätschelte ihren Hintern, bevor sie außer Reichweite war. „Ich brauche immer noch Zucker, meine Göttin."

„Du Weichei."

Der Blick seines zukünftigen Schwagers klebte an Ginnys

Hinterteil fest. „Das hast du gestern Nacht aber nicht zu mir gesagt."

„Okay, das reicht", widersprach Walker. „Manche Dinge brauche ich nicht zu hören."

„Du bist so unhöflich", beschwerte sich Ginny bei Tucker, aber sie lachte zu sehr, um ernsthaft getroffen zu sein. „Ganz anderes Thema, Walker, wie läuft es denn?"

Wie sollte er zusammenfassen, was sich in seiner Welt in den paar kurzen Wochen verändert hatte?

Es war unmöglich, besonders mit der großen Bandbreite von Gefühlen, mit denen er und Ivy es zu tun gehabt hatten. Es gab herausfordernde Momente mit Chloe und Harper, aber so viele mehr waren von Freude erfüllt.

Harper machte noch immer ins Bett, aber nur, wenn sie allein schlief. Wenn sie bei Chloe ins Bett stieg oder neben Ivy übernachtete, hatte sie keine Probleme.

Chloe lächelte immer noch nur zögerlich, aber bisher hatten sie keine weiteren Nahrungsverstecke mehr gefunden.

Doch es war Carter, der immer wieder in Walkers Gedanken zurückgekehrt war. Der arme Kleine. Der Junge steckte an einem problematischen Ort fest, und er und Ivy konnten nur versuchen, einen Unterschied zu machen in den kurzen Augenblicken, die sie bekamen.

Walker schob seine Sorgen zur Seite und dachte an alle guten Dinge, und plötzlich wusste er genau, was er sagen musste.

Er lächelte seine Schwester locker an. „Du brauchst Kinder. Sofort."

„Ich habe Kinder", sagte sie. „Drei von Caleb, drei von Dare, und jetzt zwei von dir. Außerdem scheint immer irgendjemand auf Silver Stone zu Besuch zu sein, der ein oder zwei Babys zum Knuddeln vorbeibringt."

Walker schüttelte den Kopf. „Würdest du Kinder nicht lieben

oder früher oder später eigene wollen, würde ich das nicht sagen. Aber du bist doch ein Kindermensch, Ginny. Und ich sage es dir, es lässt sich nicht erklären, wie es sich anfühlt, wenn es deine eigenen sind. Es ist so viel mehr. Ich liebe Calebs Kinder, aber Harper und Chloe haben die Finger um mein Herz geschlungen."

„Klingt gefährlich", erwiderte Ginny, die ihn fest umarmte. „Ich freue mich so für dich. Und auch für Ivy."

„Danke."

Sie wirbelte zum Herd herum und klapperte dort weiter herum, wie es ihr gefiel.

„Ich meine es ernst. Arbeitet an der Sache mit den Kindern", schlug Walker vor, schaute Tucker in die Augen. Der Mann hatte ein wenig mehr Belästigung wegen seines Kommentars vorhin verdient. „Frag mich, wenn du einen Rat brauchst, wie du das hinkriegst."

„Lass mich zuerst ein anderes Ding von der Liste streichen", erklärte ihm Tucker.

„Und das wäre?"

Tucker wies mit dem Kinn zu Ginny. „Das wird sie euch schon bald erzählen. Deshalb sind wir ja da."

„Also gut. Ich halte mich mit den Fragen zurück. Was ist los auf Silver Stone?" Walker wachte fertig auf, während Tucker die ganzen Neuigkeiten von der Ranch erzählte.

Chloe und Harper schafften es im Schlafanzug in die Küche. Harper kam herüber und umarmte Walker, dann hob sie den Kopf, damit er ihr einen Kuss gab.

Chloe drückte sich noch immer im Hintergrund herum. Sie lächelte aber, dann musterte sie Tucker, ihr Blick wurde fröhlicher, als sie ihn erkannte.

„Hey, Kleine", sagte Tucker. „Klaust du mir ein Stück Speck?"

Walker runzelte die Stirn. *„Tucker."*

Der Mann öffnete die Augen weit, dann hüstelte er. Man hatte ihm von dem Vorfall mit den Nahrungsvorräten erzählt, aber er hatte es offensichtlich vergessen. „Stimmt. Tut mir leid. Darf ich *bitte* ein Stück Speck haben, Tante Ginny?"

Sie nahm eins von dem Teller und brachte es ihm. „Ich liebe dich", murmelte sie, während sie ihm einen Kuss auf die Schläfe gab. „Du Problememacher."

„Ich liebe dich auch. Danke für meinen Speck", rief er ihr nach. Dann fragte er Harper: „Willst du die Hälfte?"

Harper schüttelte den Kopf, lehnte sich fester an Walker.

Das machte ihm nichts. Überhaupt nicht.

„Hier drin riecht es wunderbar." Ivy hielt an der Kücheninsel inne. „Danke, dass du vorbeigekommen bist, Ginny."

„Gern geschehen." Sie schnappte sich eine Tasse und drückte sie Ivy in die Hände. „Jetzt, da wir alle hier sind, ab ins Wohnzimmer", befahl sie.

Ivy schaute Walker in die Augen.

Er zuckte mit den Schultern. „Ich kann das genauso wenig erraten wie du, aber sie hat Speck dabei und hat schon Pfannkuchen aufgestapelt. Ich stimme dafür, dass wir sie einfach weitermachen lassen."

Ginny streckte ihm die Zunge raus, dann schoss sie nach vorne in das gemütliche Wohnzimmer.

Sie lotste alle dorthin, wo sie wollte, dass sie saßen. Die Mädchen auf einem Sofa; sie, Walker und Tucker auf dem anderen. Ivy konnte selbst entscheiden.

Dann beugte sich Ginny vor und stützte sich auf den Ellbogen, um mit den Mädchen zu reden.

„Onkel Tucker und ich heiraten in ein paar Wochen", rief ihnen Ginny in Erinnerung. „Das bedeutet das hier." Sie hielt ihre Hand hoch, an der ein glänzender Ring war.

Harper kroch auf das Sofa, starrte über den Raum hinweg auf Ginnys Ring. „Ist hübsch."

„Auf jeden Fall. Also, wenn wir heiraten, ist es Tradition, dass wir andere hübsche Dinge um uns haben", sagte Ginny.

„Rund um die *Braut*", ließ Tucker schnell einfließen. Er richtete sich auf und klopfte sich stolz auf die Brust. „Der Bräutigam darf gut aussehend und klug und total toll sein. Das ist meine Aufgabe."

Chloe und Harper starrten ihn beide stumm an.

Er knurrte, dann zwinkerte er Walker zu. „Schwieriges Publikum."

Ginny verdrehte die Augen. „Achtet nicht auf ihn. Er hat sich den Speiseplan für das Hochzeitsessen ausgesucht. Den Rest darf ich entscheiden."

„Klingt nach einem tollen Plan." Walker nickte klug. „Das Essen ist der wichtigste Teil des Tages – autsch." Er rieb sich die Seite, in die Ginny ihren Ellbogen gestoßen hatte. „Ich bin sicher, das war ein Unfall, Tante Ginny. Wir stoßen keine Leute in diesem Haus."

„Brüder zu piesacken ist doch notwendig, das kann also gar nicht gegen die Regeln sein." Sie stemmte die Fäuste in die Hüfte. „Reicht es jetzt mal? Ich versuche, den Mädchen etwas Wichtiges zu sagen."

Von dem großen Sessel, den Ivy schon lange als ihren beansprucht hatte, trieb ein Lachen heran. „Dann sag es ihnen", befahl sie leise. „Ich bin auf jeden Fall neugierig."

Ginny ging auf die Knie vor Chloe und Harper. „Wenn Onkel Tucker und ich heiraten, muss ich vor marschieren, wo er wartet, und ich darf ein paar Leute mitnehmen, damit das was ganz Besonderes wird. Und ich will alle meine Nichten und Neffen bei mir. Sasha und Emma sind meine Brautjungfern. Der kleine Tyler wird die Ringe tragen. Und euch hätte ich gerne als meine beiden Blumenmädchen."

Ein Bild blitzte in Walkers Gedanken auf. Wie es aussehen würde, seine Mädchen als Teil der Feier dabei zu haben. Er musste kurz das Gesicht abwenden, um sich zusammenzureißen.

Man musste es nur Ginny überlassen, eine Möglichkeit zu finden, wie sie ihren besonderen Tag gestaltete, und zwar so, dass Familienverbindungen entstanden. Dass die Mädchen sich als Teil der Feierlichkeiten fühlten, anstatt sich nur auf sich und Tucker zu konzentrieren.

Chloe neigte den Kopf. „Ich habe schon Hochzeiten im Fernsehen gesehen. Haben wir da was Schickes an? Und tragen Körbe?“

Ginny dachte nach. „Na ja, das mit den Körben stimmt schon. Die Kleider werden schön und neu sein, aber wir machen nichts Ausgefallenes. Die Hochzeit findet auf Silver Stone in einer Scheune statt, also solltet ihr euch in eure besten Westernsachen kleiden.“

„Heiraten bei den Pferden?“, flüsterte Harper ehrfürchtig.

Von Ginny kam ein leises Lachen. „Die Pferde kommen nicht zur Feier. Die ist oben im Heuschober, und die können die Stufen nicht raufsteigen.“

Chloe schlüpfte von ihrem Stuhl und kam näher. „Ich will ein Blumenmädchen sein.“

Harper kroch Ginny mehr oder weniger auf den Schoß. „Ich auch. Mit den Kätzchen.“

Denn der Heuschober war dort, wo die Kätzchen lebten. Walker war stolz wie sonst noch was, wie klug sie war, um das bereits zu wissen.

„Ich freue mich sehr. Vielen Dank.“ Auf Ginnys Miene trat Zufriedenheit, während sie durch das Zimmer zu Walker schaute. Sie holte sich eine kurze Umarmung bei Harper, bevor sie glücklich nickte. „Jetzt lass uns das Frühstück fertigmachen. Danach schauen wir uns online ein paar Bilder an, damit ihr euch neue Kleider als Blumenmädchen aussuchen könnt."

Harper und Chloe hüpften weg in die Küche, Tucker ging mit ihnen.

Ivy blieb stehen, während Ginny aufstand. „Du bist eine tolle Tante. Vielen Dank."

„Ich vergöttere sie", sagte Ginny mit einem Schulterzucken. Sie fing Walkers Blick auf. „Übrigens, dein Anzug wird am Mittwoch abgepasst. Meine Brüder sollen auf den Bildern gut aussehen."

Walker lachte, dann zog er sie in seine Arme. „Erst mal, das ist doch Schwachsinn mit dem Anpassen des Anzugs. Als ob du möchtest, dass wir in so einem Affenoutfit auftreten. Und zweitens, ich liebe dich." Er gab ihr einen Kuss auf die Wange. „Du bist eine tolle Schwester."

Ginny klopfte ihm auf den Rücken. „Es liegt in der Familie, toll zu sein. Und jetzt essen wir den Speck."

7

ZWISCHENSPIEL: EINE HOCHZEIT

GINNY

10. Februar, Silver Stone Ranch

Ein Tag der Traurigkeit. Ein Tag für Glück.

Ginny Stone fuhr langsam mit der Bürste durch ihre Haare, starrte aus dem Fenster auf den verschneiten Boden, während sie sich ganz fertig machte.

Erinnerungen drängten herein.

Vor fünfzehn Jahren hatte die Familie Stone gerade herausgefunden, dass ihre Eltern nie mehr nach Hause kommen würden. Darauf waren unruhige Zeiten gefolgt, emotionale Zeiten, aber schließlich hatten sie alle wieder eine Möglichkeit gefunden, zu leben. Zu lachen, zusammenzuhalten und nach Glück zu suchen.

Die Traurigkeit verschwand aber niemals wirklich, doch das Leben war weitergezogen und wieder süß geworden. Das war der Grund, weshalb Ginny und Tucker sich dieses Datum

129

zum Heiraten ausgesucht hatten. Eine weitere gute Erinnerung, die man über die schlechten legen konnte.

Mit den gemischten Gefühlen, die um sie herum tänzelten, war sie nicht sicher, ob sie auf eigenen Füßen stand oder ein paar Zentimeter über dem Boden schwebte. Ginny schaute noch einmal in den Spiegel, aber sie war so bereit, wie sie nur sein konnte.

Sie hatte sich entschieden, ihre langen Haare offen zu tragen, eine Seite wie üblich hinters Ohr geschoben. Ganz einfaches Make-up, vor allem etwas Eyeliner und Lipgloss für ein bisschen Glanz. Sie sah mehr als nur präsentabel aus, wie sie fand.

Es war Zeit, dafür zu sorgen, dass die neuesten kleinen Stones auch auf eigenen Füßen stehen konnten.

Ginny kam aus dem Bad in dem Häuschen, in dem sie und Tucker lebten, und trat in den Koch-Wohnbereich. An diesem Vormittag war Ginnys Pflegeschwester und beste Freundin Dare mit ihren drei Jungs und ihrem Mann nach Silver Stone zurückgekommen, um bei den letzten Vorbereitungen für die Hochzeit zu helfen. Der kleine Wohnraum in dem, was ursprünglich Dares Haus gewesen war, hatte sich in einen Ankleideraum und allgemeinen Vorbereitungsraum für die Frauen der Hochzeitsgesellschaft verwandelt.

Zum Glück war es nur eine kleine Versammlung. Die vier Nichten, Ivy, Dare und sie selbst.

Die vierjährige Harper saß auf Ivy Schoß am Tisch, mehr daran interessiert, Dare anzustarren, als ihren Blumenkorb zusammenzustellen. Chloe hatte langsam angefangen, wühlte sich aber inzwischen begierig durch alle Blüten, die ihre neue Tante Rose in einem großen Eimer aus dem Blumenladen mitgebracht hatte.

Dare half, schob vor allem die abgelehnten Stängel wieder zurück in den Eimer. Sie schaute auf, als Ginny das Zimmer betrat, und zwinkerte ihr zu, aber sie blieb leise, denn Harper sang tonlos, während sie ihre Schwester beobachtete. Ein süßes Mädchenlied über Blumen, die das Tanzen liebten.

Chloe suchte ein paar aus, lehnte andere ab, richtete ihren und den Korb von Harper neu an, und dann noch einmal neu. Inzwischen waren einige Stängel abgebrochen, und ein paar Blütenblätter waren durch die kleinen Patschefinger abgefallen, aber für Ginny sahen die Blumenarrangements wunderschön aus.

„Ist es schon so, dass es euch gefällt?", fragte sie.

„Fast." Chloe rümpfte die Nase und dachte nach. „Da muss mehr Blau rein."

Ginnys älteste Nichte Sasha beugte sich über den Tisch und schaute in die Körbe, mit der ganzen Weisheit und Erfahrung ihrer dreizehn Jahre. „Wenn du ein paar weiße Blumen dazu tust, leuchten die anderen heller, auch die blauen."

Das jüngere Mädchen dachte nach, dann schnappte sie sich eine Faust voller Blüten. Sie schob sie Sasha hin. „Hilf mir."

„Klar", sagte Sasha begierig.

Ihr Anblick, wie sie die Köpfe über den Körben zusammensteckten, war liebenswert. Ginny schaute Ivy in die Augen, und sie lächelten einander an.

„Tante Ginny, das geht nicht", beschwerte sich Emma. „Hilf mir, es zu richten, bitte."

Ihre zweite Nichte hatte die Vorstellung eines Jeansrocks oder eines Karokleides oder jede andere Option, die man ihr vorgeschlagen hatte, abgelehnt. Sie hatte gesehen, was Caleb tragen würde, und beschlossen, wenn es für ihren Dad gut genug war, war es auch gut genug für sie. Mit elf Jahren war die schwarze Weste über einem weißen Hemd, zusammen mit einer dünnen Lederkrawatte, ein scharfer Kontrast zu ihrem springenden blonden Locken, aber das war das, was Emma wollte. Was dazu führte, dass Ginny entschlossen war, es zum Funktionieren zu bringen.

„Ich kriege das hin. Dein Hemd muss man reinstecken, damit die Weste sich nicht hinten nach oben schiebt“, wies Ginny sie an, während sie ihr half, den Stoff zu glätten. „Aber frag Tante Ivy, ob sie dir mit der Krawatte hilft. Damit bin ich nicht so gut.“

„Wer hilft denn dann bei Onkel Tuckers Krawatten?“, fragte Emma ernst.

Ginny konnte ihr Kichern nicht unterdrücken. „Süße, ich habe Tucker genau niemals in einem Anzug gesehen. Ich erwarte auch nicht, dass sich das in Zukunft ändert, wenn der Mann also Hilfe braucht, wird er bei deinem Daddy vorbeikommen müssen.“

„Dad ist gut im Krawattenbinden, aber unsere Mom ist noch besser“, sagte Sasha locker. Sie nickte wissend zu Chloe. „Tante Kelli sagt, Krawatten sind wie Zügel an einem guten Pferd ...“

„Ist dieser Kelli-ismus denn für kleine Ohren erlaubt?“, ging Ginny schnell dazwischen, denn manchmal wurden die schrecklich zweideutig, was nicht die Schuld der armen Kelli war.

Sasha wirkte verwirrt, während sie nachdachte. „Sie sagt, Zügel und Krawatten sind eher zur Schau als irgendwas anderes.“

Dare lachte. „Ein ziemlich guter Kelli-ismus.“

Ivy winkte Emma nach vorn. „Komm, und ich helfe dir, das hinzukriegen. Harper, hast du noch irgendwelche Blumen, die du zu deinem Korb hinzufügen möchtest? Wir müssen bald los, also hilf Chloe, die letzten Blumen reinzustecken.“

Harper kroch von Ivys Schoß auf den Stuhl mit Chloe, um ihren Korb zu mustern. „Der ist hübsch.“

„Er ist sehr hübsch", stimmte Sasha zu. „Willst du noch mehr reintun?"

Während Harper nachdachte und Ivy Emma fertig verknotete, stieg Ginny in ihre neuen Stiefel.

„Du siehst toll aus. Tucker wird umkippen, wenn er dich sieht", setzte Dare sie leise in Kenntnis, während sie arbeitete. „Du wirkst glücklich."

„Das bin ich, und ich bin so gesegnet." Ginny hielt inne, bevor sie in den zweiten Stiefel schlüpfte und dann impulsiv Dare umarmte. „Danke, dass du an einem Donnerstag rauskommst, um dich uns anzuschließen."

„Aber klar." Dare grinste. „Das ist doch überhaupt kein Ding. Da wir bleiben, bekomme ich einen kleinen Urlaub, in dem ich mich um meine alte Bude kümmere, während du und Tucker in die Flitterwochen fahrt."

„*Urlaub?* Du hast Jesse und die drei Jungs bei dir."

„Ha!" Dare grinste noch breiter. „Mit Tamara, Sasha und Emma, glaubst du wirklich, dass ich auch nur einen Hauch von meinen Babys zu sehen kriege, die ganze Zeit, während ich auf Silver Stone bin?"

„Schön. Dann mach Urlaub. Aber bloß keinen Sex in unserem Bett", warnte Ginny mit einem leisen Flüstern.

Dare hob eine Augenbraue. Sie schnaubte.

„Na ja, gut. Dann *sag* mir zumindest nichts davon." Ginny lachte, während Dare sie in die Schulter stieß.

„Ich habe dich lieb, Ginny", sagte Dare mit der Lockerheit der Ewigkeit. „Ich freue mich so für dich."

„Ich habe dich auch so lieb, Dare", erwiderte Ginny und erschlich sich noch eine weitere Umarmung, um sich vom Weinen abzuhalten, bevor sie sich wieder dem Anziehen widmete.

Wie bei den Mädchen war ihre Hochzeitskleidung einfach und eher wegen der Tatsache gekauft, dass sie die brandneue

Jeans und die hübsche cremefarbenen Bluse mehr als einmal tragen konnte. Aber die Cowboystiefel waren reiner Luxus. Höchste Qualität, bestickt bis zum äußersten Rand, und Ginny dachte, sie wären das hübscheste, was sie je gesehen hatte.

Bis sie sich umdrehte und einem Blick auf alle vier Mädchen erhaschte, die aufgestellt waren und auf die Inspektion warteten.

„Wir sind bereit", verkündete Emma.

In Jeans oder Jeansröcken mit Karo-Shirts lächelten sie drei braunhaarige Mädchen und ein blondes an. So süß wie nur was, aber wie sie zusammen aussahen, ließ Ginnys Augen feucht werden. Sie hatte jetzt *vier* Nichten, und es fühlte sich so richtig an. „Ihr seid alle so schön. Fotos, bevor wir rübergehen."

Sie zog ihr Handy heraus und schoss ein paar.

„Zu ihnen", befahl Ivy, während sie und Dare auch ihre Handys zückten. „Ich will ein paar Bilder mit der Braut und ihren Hochzeitsbegleiterinnen."

Ginny ging nur zu gerne, irgendwie zufrieden, als ihr auffiel, dass sie nicht die Einzige war, die sich über die Augen wischte.

„Ups, noch eine letzte Sache." Dare zog zwei Ketten mit Ringen daran aus ihrer Tasche. „Harper. Chloe. Euer kleinster Cousin Tyler hat Schnupfen, und das bedeutet, er ist heute zu verkeimt, um zu helfen. Er wird bei Tante Tamara bleiben, anstatt unser Ringträger zu sein. Das bedeutet, dass ihr beiden die Ringe halten müsst, bis Mr. Fields sagt, dass er sie braucht. Ich habe sie zu Halsbändern gemacht, die ihr tragen könnt."

Mit Ehrfurcht auf den Gesichtern neigten die kleinen Mädchen die Köpfe, um ihre Ketten anzunehmen.

Ein fliegender Wechsel auf der Toilette folgte, dann wurden Jacken über die Kleidung gezogen, und sie marschierten aus dem winzigen Häuschen zum oberen Stockwerk der Hauptscheune, um die Feier abzuhalten.

Weitere Familienmitglieder warteten, um bei letzten organisatorischen Dingen zu helfen. Dare ging ihren Mann retten. Die Mädchen wurden weggebracht, und Ginny zog sich in die Schatten zurück, während sie wartete.

Bevor sie mit den Mädchen ging, umarmte Ivy Ginny, hielt sie ein bisschen länger fest, als für sie typisch war. „Danke dir für diese Erinnerungen", flüsterte sie. „Dafür, dass du das zu einem Tag macht, den sie nie vergessen werden."

„Danke, dass du ihnen dein Herz öffnest", sagte Ginny. „Du lässt mich denken, dass es vielleicht an der Zeit ist, auch mal mit ein paar Kindern anzufangen. Obwohl ich nicht glaube, dass ich mich an die Methode halten werde, zwei auf einmal dazuzuholen."

Ivy küsste sie auf die Wange, dann glitt sie leise den Mädchen nach.

Ginny stand hinten an einer langen Öffnung zwischen den Heuballen und wartete, schloss die Augen und stellte sich ihre Mom und ihren Dad vor. Sie versuchte, sich vorzustellen, was sie in diesem Moment sagen und tun würden, aber die Bilder waren verschwommen. Sie hatte gute Erinnerungen an sie, war von der Weisheit geleitet worden, die sie zurückgelassen hatten.

Aber jetzt waren sie nicht hier.

„Bist du bereit?" Ihr großer Bruder Caleb stellte sich neben sie.

Ihre Eltern waren nicht hier, doch er war es. Genauso, wie er es immer gewesen war. Genauso wie all die anderen Jungs, aber besonders Caleb war für sie wie ein Vater geworden.

Ginny warf ihm die Arme um den Hals und drückte ihn fest. „Danke, dass du für mich da bist."

„Immer", versprach er, die Worte grob, wie immer, aber so süß.

Sie hörte auf ihrer anderen Seite verhaltene Schritte und drehte sich um. Dustin erschien. Seine Wangen waren ganz rot geworden, aber auch er nahm ihre Umarmung an. Als sie ihn darum gebeten hatte, sie zusammen mit Caleb zum Altar zu führen, hatte ihr kleiner Bruder vor Stolz gestrahlt.

Ginny schob die Hände in ihre Ellenbeugen, stellte sie zu ihren beiden Seiten auf, während sie darauf wartete, dass die Mädchen vorausgingen. „Mein größter Bruder und mein kleinster Bruder geleiten mich zum Altar. Perfekt."

Dustin grinste. „Bringen wir dich unter die Haube, bevor Tucker es sich noch anders überlegt."

Ginny lachte. Sie schaute zur gegenüberliegenden Seite des Heuschobers, wo die vertrauten Gesichter von Familie und Freunden zu ihr zurückstrahlten. Malachi Fields wartete vorne, um die Feierlichkeiten zu leiten. Auf einer Seite stand Dare, den Arm ihres Mannes Jesse um die Schultern. Ihre drei kleinen Jungs waren vor ihnen aufgestellt wie Dominosteine.

Tamara war am äußeren Rand der Versammlung, den schläfrigen Tyler mit den rosa Wangen in den Armen. Seine Augenlider sanken herab, während er darum kämpfte, wach zu bleiben. Kelli war auch dort, und sie reckte vor Ginny rasch einen Daumen.

Luke und Walker – ihre beiden Brüder, die meistens im Lauf der Jahre ihre Komplizen gewesen waren – grinsten von vorne in ihre Richtung. Allerdings konnte man Walker verzeihen, wenn sein Blick zu seinen Töchtern weiter wanderte.

Ginny nahm das alles in sich auf, bevor sie Tucker in die Augen schaute. Er stand zwischen Luke und Walker, hochgewachsen und solide und so gut aussehend, dass ihr Herz einen Sprung machte. Er trug auch brandneue Jeans in reinem

Schwarz. Über sein weißes Hemd hatte er ein schwarzes, maßgeschneidertes Jackett gezogen und trug eine schmale Krawatte – perfekt geknotet – zusammen mit einem brandneuen schwarzen Cowboyhut.

Sie wusste, dass die Mädchen vorgingen, wusste, dass die Musik anfing. Ihre Brüder standen zu ihren beiden Seiten wie hohe, starke stützende Säulen. Aber die Liebe in Tuckers Augen war das größte und wichtigste überhaupt.

Als schließlich der richtige Moment kam, holte Ginny Stone tief Luft und ging auf die Liebe zu.

ZWISCHENSPIEL: EINE HOCHZEIT

TUCKER

Die Blumen in Harpers Korb wanden sich.

Tucker war nicht sicher, wann ihm das zum ersten Mal auffiel. Da er nervös gewartet hatte, dass die verdammte Feier endlich anfing, und aufgeregt war, dass dieser Tag endlich kam, gab es so viel anderes, mit dem er zu tun hatte.

Walkers und Ivys kleine Mädchen standen gleich jenseits der Zuschauer, die auf den Heuballen saßen, die in zwei Reihen aufgestellt waren. Obwohl es schon sein konnte, dass Harper den Korb vor Aufregung schüttelte, hätte das nicht erklärt, wie die Blumen sich immer wieder mal hoben.

„Du zuckst, als würdest du planen, davonzulaufen." Luke beäugte ihn entschlossen. „Denk nicht mal dran."

„Sollte er weglaufen, kleben wir ihn mit Isolierband an ein Pferd und bringen ihn zurück", schlug Walker vor. „Da geht der Kampfgeist dann ganz schnell verloren."

„Ihr seid ja richtige Alleinunterhalter", sagte Tucker trocken. „Ich hoffe, jemand behält eure Schwester im Auge. Ich denke mir, dass sie diejenige ist, die vielleicht abhaut, wenn sie die Gelegenheit bekommt."

„Nö. Irgendwie hast du sie davon überzeugt, dass du der Fang des Jahrhunderts bist." Luke stieß ihn leicht in den Arm. „Gut gemacht. Es wird so viel leichter sein, dich zu quälen, wenn du offiziell mein Bruder bist."

„Leichter? Wie kann es *leichter* werden? Du quälst mich doch schon die ganze Zeit."

„Strammgestanden. Bewegung am anderen Ende des Heuschobers", warnte Walker, bevor er glücklich seufzte, als die Musik einsetzte. Chloe nahm Harper an der Hand, und sie kamen langsam auf ihn zu. „Sind sie nicht verdammt süß? Jedes Mal, wenn ich sie mir ansehe, schlägt mein Herz wie verrückt, und ich kann einfach nur noch grinsen."

„Du bist ein glücklicher Mann", sagte Luke leise.

Den Blumenmädchen folgten Sasha und Emma, die langsam und gemessen den Gang herabkamen.

Aber Tucker hatte Ginny gesehen, und er konnte den Blick nicht abwenden.

Die tiefblaue Jeans hob sich von der cremigen Farbe ihres Oberteils ab. Die Bluse war mit Rüschen bedeckt, und er konnte es gar nicht erwarten, sich unter diese Masse zu wühlen und sie auszupacken, sobald die ganze Zeremonie vorbei war. Ihre dunklen Haare schwangen um ihre Schultern, die Füße kamen entschlossen auf ihn zu, in cremefarbenen Stiefeln. Völlig unpraktisch, obwohl sie sehr hübsch waren, und er grinste.

Dass Ginny an ihrem Hochzeitstag unpraktisch war? Da hob er doch glatt ab. Die verdammte Frau verbrachte mehr Zeit damit, darüber nachzudenken, wie sie alle um sie herum glücklich machte, darum war er froh, auch nur ein überflüssiges Ding zu sehen, das dafür sprach, dass sie auch sich selbst glücklich machen wollte.

Ein paar Blumen fielen auf den Gang, zogen seine Aufmerksamkeit auf sich. Harper hob ihren Korb höher und legte einen Arm darunter, als würde das ganze Ding sehr viel mehr wiegen, als eine Handvoll Blumen hätten wiegen sollen.

Als kurz ein Kätzchenkopf hochkam, hielt Tucker sein Grinsen nicht mehr zurück. Er fing wieder Ginnys Blick auf. Die Familie Stone war immer für eine oder zwei Überraschungen gut. Nur weil er und Ginny heirateten, war das kein Grund, dass sich das ändern sollte.

Er verlor sich wieder ein bisschen in ihren Augen, denn als nächstes waren Mädchen, Blumen und Kätzchen alle nicht mehr in Sicht, und nur noch Ginny war da. Gleich vor ihm.

Rasch küsste sie sowohl Caleb als auch Dustin auf die Wangen, bevor sie sie nicht gerade sanft zur Seite schob. „Aus dem Weg, Jungs. Ich heirate."

Tucker lachte. „Hey, Göttin. Bist du dafür bereit?"

„Äußerst bereit", versicherte sie ihm. „Hi, Mr. Fields."

„Ginny." Malachi neigte den Kopf. „Wenn ihr bereit seid, werde ich ihre Aufmerksamkeit auf mich ziehen, und wir können das hinter uns bringen."

„Ich bin bereit", verkündete Tucker bestimmt. „Das war ich schon ewig."

Es war nun an Ginny, zu lachen. „Ich weiß. Ich war so gemein, dass ich dich habe warten lassen." Sie senkte die Stimme zu einem verführerischen Tonfall. „Ich verspreche, ich werde später dafür sorgen, dass es sich für dich lohnt."

Malachi hüstelte leicht, dann hob er die Stimme vor der Versammlung. „Und anscheinend sind wir bereit zum Loslegen."

„Bevor Ginny noch was sagt, das dich erröten lässt", scherzte Tucker.

Der ältere Mann schüttelte den Kopf, doch er lächelte, als er sich an die Versammlung wandte. „Es ist mein Privileg,

Ereignisse wie das heutige durchführen zu dürfen. Es ist immer aufregend, zwei junge Leute zu sehen, die sich einander versprechen möchten, und zwar für immer. Aber ich erinnere mich immer daran, obwohl das ein besonderes Ereignis ist, ist es nur ein Tag. Es ist ein Schritt auf einer Reise, die jahrelang währt."

„Darum fühle ich manchmal ein leichtes Zögern, wenn ich ein Paar habe, das seine Schwüre austauscht. Ich frage mich, ob sie wissen, dass die Reise nicht immer leicht sein wird. Dass die Hügel ermüdend sein werden, und die Täler tief, aber selbst in harten Zeiten kann es Freude geben." Er drehte sich, damit er die Hände auf Tuckers und Ginnys Schultern legen konnte. „Aber heute fühle ich nichts außer Glück. Nicht, weil es keine Garantien gibt, dass eure Reise fortan immer ganz glatt verläuft, sondern weil ihr bereits bewiesen habt, dass ihr wisst, wie ihr Stürme überdauert. Zusammen. Miteinander, mit der Unterstützung der Leute, die ihr liebt, und die euch lieben."

Malachi wandte sie zum Heuschober um. Zur Familie und den Freunden, die dort saßen und zusahen. Alle Stones waren da, und auch die Familie Fields. Einige der Rancharbeiter, die Tucker im Lauf des Jahres gut kennengelernt hatte, waren anwesend, darunter Alex und seine Verlobte Yvette.

Ganz vorne, links von ihnen, stand Tuckers Onkel Ashton. Zufriedenheit strahlte von dem Mann aus, während Sonora neben ihm stand, den Arm durch seinen geschoben.

Es war genau, wie Malachi gesagt hatte. Eine Versammlung von Leuten, die ihn und Ginny liebten. Die Tucker liebte.

„Jetzt überlasse ich euch die Bühne", sagte Malachi. „Ginny, möchtest du anfangen?"

Tucker nahm ihre Hände, während sie einander ansahen. Dort oben im Heuschober zu sein, wo die Ballen sich um sie stapelten, erinnerte ihn sehr an ihr Hauptquartier für die

Operation „Beweis es". Es fühlte sich für ihn an, als würde er nach Hause kommen.

Ginny drückte seine Finger. „Du bist schon so lange ein Teil von Silver Stone, dass ich mich kaum an eine Zeit ohne dich erinnere. Und wenn man bedenkt, wie verknallt ich als Teenager in dich war, muss ich zugeben, dass ich mich nicht wirklich an eine Zeit erinnere, in der ich dich nicht geliebt habe. Aber wenn ich zurückschaue, erkenne ich, dass das nicht alles ist. Die Vergangenheit war schön, gleichzeitig auch unbehaglich und nervig", sagte sie trocken. Ein Lachen breitete sich langsam unter den Zuschauern aus. „Diese letzten beiden Jahre waren auch schön und unbehaglich, und manchmal nervig, aber sie waren reichhaltig. Sie waren mit Zeit angefüllt, die ich mit dem echten Du verbracht habe, ohne Barrieren zwischen uns, und mit der echten, festen Liebe auf dem Tisch."

Sie schluckte schwer, ihre Augen schimmerten hell.

Tucker schob ihr eine vorwitzige Haarsträhne hinter das Ohr, dann hielt er ihre Wange.

Sie richtete sich auf, immer so stark. Immer willens, ihn bis in ihr Herz schauen zu lassen. „Ich liebe dich, Tucker. Ich bin sehr froh, diesen langen Weg mit dir zu gehen. Durch die Täler, oder hinauf auf die Gipfel, wo wir im Sonnenlicht weilen können. Aber wo immer wir sind, wir werden einander lieben."

Ach, egal. Tucker beugte sich vor, gleich hier und an Ort und Stelle, und küsste sie. Ließ seine Hand um ihren Kopf gleiten, bis der Winkel so perfekt war, dass er ihre Lippen fest aufeinanderpressen konnte.

Er legte alles in die Bewegung, was er hatte.

Es war das Lachen, das ihn schließlich zurückholte.

Ginny holte keuchend Luft, als sie sich zurückzog, aber ihr Lächeln strahlte. „Ein Mann weniger Worte?"

„Ach, ich habe genügend Worte", sagte Tucker. „Aber sie

laufen auf Folgendes hinaus. Ich liebe dich. Ich kann über dich nicht dasselbe sagen, dass ich vor Jahren total in dich verknallt war, denn das wäre einfach nur falsch gewesen, wenn man alles bedenkt. Aber ich bin ein Mann, der klug genug ist, zu lernen, wenn man ihm eine Lektion erteilt. Du hast mir ziemlich klar geholfen, zu sehen, was wir sein sollten. Und wenn wir schon von Reisen reden, habt du und Malachi recht. Wir sind bereits ein gutes Stück zusammen auf der Straße gewandert. Der heutige Tag macht das alles ein bisschen offizieller. Gibt mir die Gelegenheit, vor all diesen Leuten zu sagen, dass du mir alles bedeutest, und dass ich vorhabe, den Rest meines Lebens damit verbringen, sicherzustellen, dass du das weißt."

Ginny legte den Kopf leicht schief. „Ach, das war süß."

„Ich liebe dich", wiederholte er.

Sie warf die Arme um ihn und küsste ihn, und das Lachen schwoll wieder an.

Malachis leises Kichern kam ganz aus der Nähe. „Na, es scheint, wir hätten schon mit dem Feiern angefangen, aber vielleicht möchten wir die Förmlichkeiten erst mal fertigmachen. Gibt es irgendwo Ringe?"

Sasha klopfte Chloe auf die Schulter, wies sie nach vorne.

Auch Harper schlurfte vor, ihre Augen groß bei all den Leuten, die sie und ihre Schwester anlächelten.

Ginny kniete sich hin, um den Korb von Harper entgegenzunehmen. Sie spähte hinein und gab dann ein leises überraschtes Geräusch von sich. „Oh."

Tucker erinnerte sich rechtzeitig an seine Entdeckung vorhin, um das Kätzchen zu fangen, das aus Harpers Korb sprang. „Hey, sieh dir das an", sagte er leise zu dem kleinen Mädchen. „Noch ein Hochzeitsgast?"

„Sie hilft mit dem Ring", sagte Harper ganz ernst. „Siehst du?"

Ein Stück Schnur war um den Bauch des Kätzchens gebunden. Daran hing das Halsband, das den Hochzeitsring hielt, den er für Ginny gekauft hatte.

Tucker konnte sich nur ausmalen, was passiert wäre, hätte die Katze beschlossen, zu flüchten, bevor dieser Punkt in den Feierlichkeiten erreicht war.

„Wow. Wie gut, dass das Kätzchen hier ist, damit ich den Ring nehmen kann, um Ginny zu heiraten." Sorgsam löste er den Knoten, ließ die Schnur, das Halsband und den Ring von der pelzigen Kreatur gleiten, bevor er das Kätzchen sorgsam wieder in den Korb zurücksetzte und ihn Harper zurückgab. „Vielen Dank."

Chloe hob die zweite Kette über ihren Kopf und reichte sie feierlich mit dem Ring Ginny. „Ich habe nur eine Schnur gefunden, darum habe ich sie Harper haben lassen."

Ginny wirkte, als würde sie gleich in Gelächter ausbrechen, aber Tucker schaffte es, ernsthaft zu nicken. „Das war sehr nett von ihr. Danke, dass ihr euch gut um die Ringe gekümmert habt."

Die kleinen Mädchen standen da, die Körbe in der Hand, als würden sie auf den nächsten Teil der Vorführung warten.

Es schien keinen Grund zu geben, sie zu enttäuschen. Tucker blieb auf einem Knie, wo er war, damit die kleinsten Nichten den besten Blick hatten. Er erwischte Ginny, die aufstehen wollte, und zog sie herab, um sie auf seinen aufgestellten Oberschenkel zu setzen. „Wird meine Braut mir die Ehre erweisen, mir ein Brandzeichen zu geben, um es mal so auszudrücken?"

Ginny lachte, zwinkerte Chloe zu. „Die Ringe sind eine Art, um zu sagen, dass die Liebe ewig währt. Immer wieder herum, wie dieses Band. Siehst du?" Sie hielt es hoch und ließ den Finger ein paarmal kreisen. Sie schaute Tucker in die Augen, und dieser Teil war nur für ihn. „Und für immer ist genau, wie lange ich dich lieben werde, Tucker. Das verspreche ich."

Sie schob ihm den Ring auf den Finger, und Frieden kehrte in seine Seele ein.

Er hatte keine schicken Worte mehr übrig. Er nahm nur den Ring, den er für sie hatte, schob ihn auf ihren Finger, und dann küsste er ihre Handknöchel. „Ich liebe dich, Ginny. So sehr."

Sie fing ihn an den Schultern und hielt sich ganz fest.

So, wie er wollte, dass sie sich an ihm festhielt.

Ja, für immer.

9
———

Früh im Juni, Montagvormittag

Walker träumte.

Er wusste, dass es nicht echt war, denn die Szenen sprangen immer von einem Ort zum anderen. Er war in den Scheunen auf Silver Stone, erledigte neben seinen Brüdern Aufgaben. Raste über den Sportplatz in der Schule, versuchte Ivy einzuholen. Ein paar Augenblicke war er an einem Sommertag neben den Heart Falls, eine Picknickdecke am Rand der Bäume ausgebreitet, und Ivy schaute zu ihm auf, mit geröteten Wangen.

Eine wirbelnde Erinnerung später marschierte er über den Wasserfall hinaus, seine Arme ruderten, während er fiel. Bevor er auf der Oberfläche des Wassers auftraf, war er zurück auf einem Bullen, wurde hart herumgeschleudert, weigerte sich aber, aufzugeben.

Als das Summen erklang, wurde alles absolut still, und er

war draußen in seinem Hinterhof, lehnte sich an das Geländer, das den kleinen Reitplatz und den Pferdestall umgab.

Das Spielhaus der Mädchen war nur ein paar Meter entfernt, ein weiches Licht leuchtete aus dem offenen Fenster.

„Walker."

Der Stoß an seiner Schulter war hart genug, um ihn aus seinem Traum zu holen.

Er drehte sich im Bett um, und sah Ivy, die ihn beäugte. Das Licht, das durch die Fenster schien, verkündete, dass es fast Zeit zum Aufstehen war. „Morgen."

Sie schnaubte. „Du bist auf einem Bullen geritten, oder?"

„Unter anderem." Rasch musterte er sie. „Ich habe dich nicht verletzt, oder? Habe ich mit dem Arm um mich geschlagen oder so was?"

„Nein, alles in Ordnung", versicherte sie ihm. „Du hast nur tonlos sehr oft vor dich hin gemurmelt. Und der achtsekündige Countdown war ziemlich verräterisch."

Er zog sie an sich. „Tut mir leid, dass ich dich geweckt habe."

Sie kam näher. Weiche Finger glitten über seine Brust. „Na, jetzt sind wir beide wach. Vielleicht müssen wir irgendwas finden, um uns die Zeit zu vertreiben."

„Mrs. Stone, versuchen Sie, mich zu verführen?"

Ivy wackelte mit den Augenbrauen. „Ist es so lang her, dass du das nicht erkennst?"

Die Tür zu ihrem Schlafzimmer quietschte, dann ging sie langsam auf. Wortlos kam Harper über den Boden auf Walkers Seite des Bettes. Er drehte sich, um auf dem Rücken zu liegen, und ernste braune Augen schauten in seine, während sie sanft an der Decke zog.

Nach Monaten, in denen sie eine Familie waren, hatten sie sich auf süße Routinen eingelassen. Die Mädchen waren glücklich. Ivy strahlte, während sie es genoss, zu lernen, wie

Mutterschaft ging. Und impulsiver, ungeplanter Sex war für Walker und Ivy eine ziemliche Seltenheit geworden.

Er würde vor Caleb wohl mal erwähnen müssen, dass ihm jetzt völlig klar war, wie schwer es war, Zeit für Privatsphäre zu finden, wenn es Kinder gab. Sein Bruder würde von diesem Geständnis sicher sehr angetan sein.

„Guten Morgen, Harper. Brauchst du was?", fragte Walker leise. Normalerweise kroch sie einfach ins Bett auf Ivys Seite, und sie fanden sie dann am Vormittag.

Harper rümpfte die Nase ein paarmal, dann öffnete und schloss sie den Mund, bevor sie wieder an der Decke zog. „Daddy."

Eine Veränderung, die sein Herz vor Stolz schmerzen ließ. Harper nannte sie nun Mommy und Daddy, ganz locker. Chloe hatte das manchmal auch getan, aber das würde schon noch werden.

„Ja?"

„Daddy, hilf." Sie zupfte wieder. „Chloe hat Angst, aber Daddy kann helfen."

„Chloe hat Angst? Zeig es mir", sagte er, warf die Decke zurück und schob die Füße in die Hausschuhe. Er nahm sich ein Sweatshirt vom vorigen Tag und zog es sich über den Kopf, folgte Harper aus dem Zimmer. Ein Albtraum? Das schien ein seltsamer Zeitpunkt dafür, und bisher hatte Chloe in dieser Richtung keine Probleme gezeigt.

Harper ging an ihrem Schlafzimmer vorbei und war eilig weiter unterwegs. Walker steckte trotzdem den Kopf in das Zimmer, nur ganz kurz, aber die beiden Betten waren leer. Die Schranktüren standen offen, und Kleidung lag auf dem Boden verteilt.

Ivy war inzwischen hinter ihm. „Was ist los?"

„Ich weiß es noch nicht." Walker eilte durch den Gang und in die Küche. „Harper, wo ist Chloe?"

In der Küche gab es nur noch weitere Rätsel, aber keine Antworten. Der Tisch war von einem Dutzend leeren Snackbeuteln und Früchtebehältern bedeckt.

„Scheiße", murmelte Walker. Was war los?

Harper nahm ihn an der Hand. „Daddy kann helfen. Ich sage das auch Chloe, aber sie hat Angst."

„Daddy wird helfen", versprach Walker. „Wo ist deine Schwester?" Seine jüngste Tochter deutete hinaus auf das Spielhaus.

Der Vormittag war kühl, nicht kalt. Walker ignorierte seine Schuhe und Jacke und rannte in seinen Hausschuhen hinaus.

Nichts hätte ihn auf das vorbereiten können, was er fand, als er die Tür des Spielhauses öffnete.

Chloe war da – Gott sei es gedankt – aber auch ihr Bruder Carter. Die beiden waren wie streunende Katzen aneinander gekuschelt, in den weichen Überwurf geschlungen, den Ivy auf dem Sessel in ihrem Wohnzimmer nutzte.

Carters Gesicht war mit Schmutz und Tränen verschmiert. Es gab keine sichtbaren Zeichen irgendwelcher Verletzungen, aber auch keine Hinweise auf die Frage, wie er überhaupt zum Haus gekommen war.

Stephanie hatten sie überzeugt, ihn einmal im Monat zu Besuch kommen zu lassen. Ivy und Walker zahlten ihr Benzingeld, dann gaben sie ihr und Carter was zu essen, während sie auf Besuch waren. Und jede zweite Woche fuhr Walker raus, um Carter für einen ganzen Besuchstag an Samstagen abzuholen. Zeit mit dem Jungen zu verbringen und zu sehen, wie glücklich er war, mit Chloe und Harper zu spielen, hatte es bei jedem Besuch immer schwerer gemacht, ihn am Ende des Tages wieder abzugeben.

Erst vor zwei Tagen hatten sie einen Besuch gehabt, und Stephanie war sehr dankbar gewesen, dass sie einen Tag frei hatte und ihn nicht beaufsichtigen musste.

Den kleinen Kerl in ihrem Hof zu sehen, war ein Schock.

„Carter. Chloe. Was macht ihr da?" Walker sprach laut genug, um sie zu wecken, stellte aber sicher, dass sein Tonfall sanft blieb.

Er hatte gedacht, die Zeit, die sie zusammen auf den Fahrten verbracht hatten, hätte dafür gesorgt, dass der Junge ihm ein wenig vertraute, aber als Carter aufwachte und ihn sah, geschah das Unerwartete.

Der kleine Kerl schoss quer durch das Spielhaus und warf sich auf Walker. „Ich will nicht weggehen."

Schmerz bohrte sich in Walker hinein. Hier und jetzt war nicht der richtige Ort, um die Probleme der Pflegeelternschaft und Familienrechte zu besprechen. „Kommt ins Haus. Chloe, wach auf, Süße. Wir müssen nach eurer Mommy sehen. Und Harper. Sie will wissen, dass ihr in Sicherheit seid."

Chloe blinzelte, während sie Carter beäugte, der sich an Walker klammerte wie ein Blutegel.

Sie schaute Walker in die Augen. „Er hat seine Snacks am Tisch gegessen", sagte sie ganz klar. Als wäre sie stolz, dass sie keine Regeln gebrochen hatte.

„Gutes Mädchen. Jetzt kommt. Wir machen Frühstück, falls ihr noch Hunger habt."

Chloe nahm ihn an der Hand. Walker begab sich langsam zurück zum Haus, mit seiner Tochter an seiner Seite und ihrem Bruder in seinen Armen.

Carter schniefte immer wieder mal heftig, aber er weinte nicht, und er ließ nicht los.

Ivy hielt die Tür auf und führte sie hinein, ohne Fragen zu stellen. Sie nahm nur Chloe und hielt sie fest.

„Mir ist kalt, Mommy", sagte Chloe leise. „Carter hat Angst."

Walker ließ sich im Stuhl nieder, hielt Carter in seinen Armen. „Wir sind jetzt hier. Er muss keine Angst haben."

Harper tätschelte sanft den Rücken ihres Bruders. „Daddy wird helfen. Er verspricht es."

Carter schüttelte den Kopf, immer noch an Walkers Hals vergraben.

Mein Gott. So viele Fragen.

Walker schaute Ivy über Carters Schulter hinweg in die Augen. „Nimmst du Chloe mit zu einem Bad, damit sie sich aufwärmt, und rufst Jennifer an?"

„Ja." Ivy erhob sich und nahm Chloe an der Hand. „Du kommst mit uns, Harper."

Die Mädchen verließen das Zimmer. Walker umarmte Carter fest. „Okay, Kumpel Männergespräch jetzt. Wie bist du hergekommen?"

„Zu Fuß."

Himmel. Walker hob Carters Kinn und schaute ihm in die Augen. „Den ganzen Weg von der Wohnung deiner Oma bis hierher? Das sind doch bestimmt vier Stunden."

Carters Gesicht verzog sich, als seine Großmutter erwähnt wurde. „Sie ist tot."

„*Was?*" Walker blinzelte.

Der Achtjährige schniefte, dann kämpfte er die Tränen zurück. „Oma wollte nicht aufwachen. Ich will nicht in eine neue Pflegefamilie." Er kämpfte um Selbstbeherrschung, bekam den Rest der Worte fast nicht heraus. „Wenn ich umziehe, werde ich Chloe und Harper nicht mehr sehen. Chloe hat gesagt, ich könnte im Spielhaus wohnen, bis ich erwachsen bin."

Walker hätte die Bewegung nicht aufhalten können, auch wenn er es darauf angelegt hätte. Er legte die Arme um Carter und drückte ihn fest. Rasch ging er im Kopf die Zahlen durch. Oma wachte nicht auf? Das war wohl gestern früh passiert, was bedeutete, dass Carter fast vierundzwanzig Stunden allein gewesen war.

Wie hatte denn niemand den Achtjährigen gesehen, der an der Seite des Highways entlang lief? Was das anging, wie hatte Carter gewusst, wie er von einem Städtchen ins andere kam?

„Erst mal bleibst du hier. Wir müssen mit ein paar Leuten reden und müssen sehen, was mit deiner Oma los ist."

„Sie ist tot." Diesmal sagte es Carter mit genauso viel Überzeugung wie nüchterner Enttäuschung.

Walker schob dieses Problem vorerst zur Seite. „Bist du noch hungrig? Erst mal essen, dann bekommst du ein Bad und wir suchen dir saubere Kleider."

Der kleine Kerl kroch von Walkers Schoß, wischte sich über die Augen. „Ich habe Hunger."

Bis Ivy mit Chloe und Harper zurückkehrte, hatte Carter schon ein halbes gegrilltes Käsesandwich und ein Glas Milch durch.

Die Mädchen stiegen auf ihre Stühle und nahmen begeistert die Teller, die Walker ihnen anbot.

Harper nickte ihrem Bruder und ihrer Schwester zu. „Daddy ist ein toller Helfer", setzte sie sie in Kenntnis, bevor sie einen großen Bissen von ihrem Sandwich nahm.

Ivy glitt am Herd neben Walker. „Ich habe Jennifer erreicht. Sie wird versuchen, mit Stephanie Kontakt aufzunehmen. Was hat er gesagt?"

„Er glaubt, Stephanie ist tot. Er bekam Angst und hat beschlossen, zu unserem Haus zu gehen, wenn du dir das vorstellen kannst."

Ivy Augen wurden groß. „O mein Gott."

„Schon, oder? Alles davon."

Sie warf einen Blick zu Carter. „Okay, bis wir mehr wissen, geben wir ihm was zu essen und machen ihn sauber. Wir sehen, ob wir ihn überzeugen können, ein Nickerchen zu halten. Chloe hat gesagt, er hätte sie aufgeweckt, indem er an ihr Fenster geklopft hat. Sie hat ihn ins Haus gelassen und ihm was zu essen gegeben, aber er wollte nicht drinnen bleiben."

„Der Arme", sagte Walker leise, beobachtete die Geschwister, während sie still plauderten. Harper war die Einzige, die locker und fröhlich war. Carter war verständlicherweise niedergeschlagen und gar nicht wie sonst. Chloe wirkte immer noch besorgt, wusste ganz klar, dass das kein normaler Besuch war.

„Sie sind still, wenn sie es wollen", sagte Ivy besorgt. „Ich hatte keine Ahnung, dass jemand im Haus war."

„Zeit für einen Hund", schlug Walker verschlagen vor.

„*Walker.*" Ivy schaute ihn an. Mit diesem Blick, der besagte, wenn er vor den Mädchen erwähnte, man könnte einen Hund anschaffen, würde sie ihm die Haut abziehen.

„Ich sage nur, ein guter Hund hätte uns wissen lassen, dass Carter da ist."

Okay, also war es noch nicht an der Zeit. Aber es stand auf der Liste, einen Hund anzuschaffen – und diejenigen auf der Ranch waren nicht hier an ihrem Haus.

Die Kinder aßen weiter gegrillten Käse, dann ließ Ivy die Mädchen mit den üblichen Pflichten anfangen, während Walker Carter ins Bad brachte. Er versuchte, sich verzweifelt daran zu erinnern, in welchem Alter sein Bruder erwähnt hatte, dass seine Nichten das ohne Überwachung machten.

Ach, egal. Das Kind musste sauber werden, und Carter musste wissen, dass er Erwachsene um sich hatte, denen er wichtig war.

„Da ist Seife, dort Shampoo. Wir nehmen beides", sagte Walker bestimmt, weil im einfiel, dass er als Kind beim Baden ins Wasser gesprungen und so schnell wieder rausgegangen war, wie es nur möglich war.

Während Walker das Wasser anschaltete, zog Carter seine

schlammigen Kleider aus. Er stieg in die Wanne, ein viel zu magerer Junge mit Schlamm im Gesicht und traurigen Augen.

Walker half, drückte das Shampoo heraus. Seifte den Waschlappen fest ein und sorgte dafür, dass er auch benutzt war. Bis Carter sauber war und geborgte Kleider trug, die aus Einzelteilen bestanden, die sie aufgetrieben hatten, roch der Junge besser, und seine Augenlider sanken herab.

Er suchte sich einen Platz auf dem Sofa, so dicht wie möglich an Walker, und kuschelte sich an ihn, während sie auf Neuigkeiten warteten.

Harper kam und bot ihm eine Umarmung an. „Sei nicht traurig, Carter. Daddy hat geholfen, und Mommy. Sie werden dich lieben."

Das stimmte viel zu sehr. Walker schaute Ivy in die Augen, als das Handy läutete.

Er fragte sich, ob es möglich war, sich nicht noch mehr in den Jungen zu verlieben, während er bis ins Innerste seines Ichs das Gefühl hatte, dass Carter auch zu ihrer Familie gehörte.

10

Ivy erhob sich, während sie ans Handy ging, schlüpfte in die Stille der Küche. „Jennifer?"

„Ja, hi. Ich habe Neuigkeiten für Sie und Walker. Wie geht's Carter?"

„Alles in Ordnung. Wir haben ihm was zu essen gegeben, und er hat geduscht, und er schläft auf dem Sofa gleich ein. Wie geht es Stephanie?"

„Sie lebt. Aber kann ich mit Ihnen und Walker reden, ohne dass die Kinder es hören, bitte? Das wird es mir ersparen, alles zweimal zu erklären."

„Ganz kurz mal." Ivy spähte ins Wohnzimmer. Carter hatte sich mit dem Kopf auf Walkers Schoß festgekuschelt. Die Schwestern hatten beide Bücher aus dem Regal gezogen und lasen leise, obwohl Chloe fast ausschließlich ihren Bruder anstarrte.

Walkers Blick war auf Ivy gerichtet, und als sie ihn herüberwinkte, schlüpfte er unter Carter heraus. „Mädchen, bleibt bei eurem Bruder. Mommy und ich müssen reden."

Chloes Blick ging ihm nach, während er sich Ivy in der Küche anschloss.

„Jennifer. Sie will mit uns sprechen", erklärte Ivy rasch. „Stephanie lebt."

„Mein Gott, das wird Carter freuen." Aber Walkers Miene spannte sich an, und genauso das Band aus Angst um Ivys Herz.

Sie hatte sich schon Hoffnung gemacht, dass sie ihn behalten konnten, was ein schreckliches Eingeständnis war, wenn man bedachte, es hätte bedeutet, dass Stephanie tot gewesen wäre. Aber es stimmte eben.

Ivy wollte mehr als alles andere Carter in ihrer Familie.

Sie stellte das Handy laut. „Jennifer, Walker ist da. Die Kinder sind allerdings nebenan, also reden Sie bitte leise."

„Ist es so gut?" Als Ivy bejahte, fuhr Jennifer fort: „Man hat Stephanie in ihrer Wohnung gefunden. Sie hatte früh am Sonntagmorgen einen Herzinfarkt, hat es aber überlebt. Sie ist jetzt im Krankenhaus und will wissen, ob Sie sich um Carter kümmern können."

Ivy schluckte schwer. Enttäuschend und doch – sie würde für Carter und seine Schwestern auf sich nehmen, was immer nötig war. „Natürlich. Wie lange erwarten wir denn, dass Sie braucht?"

Walker drückte ihr die Finger, in seinen Augen stand die gleiche Traurigkeit.

„Nein, Sie verstehen falsch", sagte Jennifer noch leiser. „Stephanie hat ihre Angehörigenrechte aufgegeben. Ihr Sohn hatte sie bereits an sie übertragen, und sie sagt, selbst wenn sie sich erholt, kann sie Carter nicht länger aufziehen. Als Eltern seiner Geschwister sind Sie nun die ersten in der Reihe, falls Sie ihn adoptieren ..."

„Ja." Walker und Ivy sagten es gleichzeitig.

Aus dem Nichts fing tief in Ivys Herzen ein Lachen an. „Ja, wir wollen ihn auf jeden Fall", versicherte sie Jennifer.

„Ganz genau", sagte Walker bestimmt. „Was müssen wir tun?"

„Eine Stunde warten, damit ich zu Ihnen nach Hause komme? Ich bin am Krankenhaus. Stephanie hat bereits die Papiere unterschrieben. Ich muss kommen und mir Unterschriften von Ihnen holen, und dann gehört er Ihnen."

Ivy brachte nichts heraus. Sie konnte kaum atmen. Es schien nicht möglich.

Walkers starke Arme legten sich um sie, während er ihr das Handy aus den zitternden Händen nahm. „Jennifer, danke. Sie können sich nicht vorstellen, wie glücklich wir jetzt gerade sind."

„Gern geschehen. Ich glaube, jemand anderes wird auch sehr glücklich sein. Na ja, drei andere, aber besonders Carter. Wollen Sie warten, bis ich da bin, um es ihm zu sagen, oder bereits jetzt loslegen? Denn was mich angeht, können Sie es ruhig machen."

Ivy schaute zum Wohnzimmer. Die Mädchen lasen noch still, und Carter schlief fest, jetzt von Harpers neuer Lieblingsdecke bedeckt.

Walker hatte das genauso gesehen. „Er schläft. Wir gehen da ganz nach Gefühl. Bis bald."

Er legte das Handy auf die Anrichte und zog Ivy in seine Arme.

Ihr Körper bebte vor unbeherrschten Gefühlen. Strahlende Freude, anhaltende Angst. „Er gehört wirklich uns?"

„Wirklich." Walkers Stimme brach ganz leicht.

Ivy löste sie weit genug, um die Hände an sein Gesicht zu legen. „Tut mir leid, dass ich etwas gesagt habe, ohne dass wir es besprochen haben."

Er grinste. „Ist dir aufgefallen, dass ich das auch gemacht

habe? Aber Snow, wir *haben* doch darüber gesprochen. Ganz oft sogar. Wir haben beide gesagt, wir wünschten, wir könnten Carters Leben verbessern, und jetzt können wir das."

Ivy legte den Kopf an Walkers Brust und schaute durch das Zimmer auf die Kinder im Wohnzimmer. *Ihre* Kinder, ihre und Walkers. Ihre, die sie aufziehen und um die sie sich kümmern mussten.

Ihre, die sie lieben durften.

Walker flüsterte leise: „Lassen wir ihn noch ein bisschen schlafen, aber ich glaube, wir sollten mit ihm reden, bevor Jennifer herkommt. Er hat sich Sorgen gemacht, dass man ihn wegbringt, in ein neues Pflegeheim. Diese Sorgen können wir doch gleich im Keim ersticken."

„Sehe ich auch so." Doch Ivy blieb noch einen weiteren süßen Augenblick, holte sich Kraft von Walker, bot ihre Liebe und ihre Unterstützung im Gegenzug.

Harper begann sich zu winden, legte ihr Buch weg und stieg auf Ivys Sessel, um auf dem Kissen zu springen. Leise sang sie vor sich hin, ein Zähllied über Pferde, Hunde und Hühner.

Chloe glitt neben Carter auf das Sofa. Er regte sich und setzte sich dann abrupt auf, als er seine Schwester sah. Sein Kopf fuhr herum, und Erleichterung glänzte in seinen Augen, als er Ivy und Walker bemerkte, die näher kamen. Gleich gefolgt von Sorge.

„Du bist bestimmt auch müde", sagte Ivy sanft, während sie sich neben ihn auf das Sofa setzte.

Carter zuckte mit den Schultern.

Walker ließ sich auf dem Beistelltisch ihnen gegenüber nieder. Sein steter Blick richtete sich auf Carter. „Wir haben etwas Wichtiges, das wir dir sagen müssen, und Chloe und Harper. Aber erst mal, deine Oma ist nicht tot. Sie ist sehr krank, aber ihr wird es wieder gut gehen. Okay?"

Ein erstickter Schrei kam von Carter. „Sie wollte nicht aufwachen", beharrte er.

„Weil sie sehr krank war, aber jetzt kümmert man sich um sie", wiederholte Walker. Sein Blick huschte zu dem von Ivy. „Aber sie wird sich weiter in der Zukunft ausruhen müssen und sehr aufpassen, damit sie gesund bleibt. Also hat sie uns gefragt, Ivy und mich, ob wir uns um dich kümmern."

Carters Augen wurden groß. Er packte Chloes Hand im Todesgriff. „Ihr werdet meine Pflegeeltern?"

Ivy nahm seine freie Hand in ihre. Walker legte die Finger um sie beide, hielt sie fest, beschützte sie. Bot wie immer Kraft.

„Das ist nichts Vorübergehendes", sagte Ivy leise. „Wir werden deine Eltern für immer, genau wie bei Chloe und Harper. Du wirst unser Sohn."

Sie hatte eine Reaktion erwartet – vielleicht Tränen. Weitere Verwirrung.

Was sie bekam, waren zwei Kinder, die lossprangen.

Carter warf sich auf Ivy, klammerte sich fest an sie, während er an ihrem Hals weinte. Chloe stürzte sich mehr oder weniger auf Walker. Sie weinte offen, ihr Schluchzen holte Harper herbei, um zu sehen, was los war.

Harper beäugte ihre beiden weinenden Geschwister, und ganz kurz bebte ihre Unterlippe, als könne sie aus Sympathie mitweinen.

Stattdessen holte sie tief Luft, dann klopfte sie Chloe auf den Rücken. „Siehst du? Daddy ist ein guter Helfer."

Sie wandte sich an Carter und bot ihm denselben beruhigenden körperlichen Kontakt, kam näher, um mit Ivy zu reden. „Mommy, Umarmungen machen alles besser."

Ivy kämpfte um Selbstbeherrschung. Sie war verstrickt in die Freude, die sie im Inneren spürte, und ließ sie in ihre Worte fließen. „Ich freue mich. Bist du glücklich, Harper?"

Das kleine Mädchen nickte und beäugte dann die Küche. „Ich habe Hunger. Kann ich einen Snack haben?"

Ivy lachte. „Ja. Machen wir zusammen einen Snack, wir alle. Jennifer wird bald da sein. Sie hat die Bewilligungspapiere, sodass Carter sich unserer Familie anschließen kann. Wir sollten für sie einen zusätzlichen Snack vorbereiten."

Denn obwohl die Kinder Jennifer mochten, wollte Ivy nicht, dass die Ankunft der Sozialarbeiterin Carter auf den Gedanken brachte, man könnte ihn wegbringen.

Ivy drückte Carter noch einmal, verwundert über das Gefühl des robusten Jungen, der auf ihrem Schoß angekuschelt war. Sie hob sein Kinn. „Willst du Mommy und Harper helfen, ein paar Snacks vorzubereiten?"

Er wischte sich über die Augen, dann nickte er.

Bis Jennifer ankam, standen die Snacks auf dem Tisch, Saftgläser waren eingeschenkt, und eine spontane Feier begann gerade.

Jennifer kam in dem Augenblick ins Haus, als Walker an die Tür ging, schaute hinüber auf die Kinder, die am Tisch versammelt saßen. „Hi, Carter. Heftiger Tag, was, Kleiner?"

Er nickte.

Sie ging hinüber zu Ivy und bot ihr eine Umarmung an. „Noch ein kleines bisschen", versprach sie, bevor sie sich auf den Stuhl neben Carter setzte. „Du hast gehört, dass es deiner Großmutter wieder gut gehen wird, oder?"

Carter schniefte, dann nickte er erneut.

„Gruselig, was?"

„Ja." Er starrte auf die Papiere, die Jennifer aus ihrer Schultertasche holte. „Sie sagen, ich darf hierbleiben."

„Ivy und Walker haben bereits alles getan, was sie brauchen, um die Erlaubnis zu bekommen, deine Eltern zu werden. Das nächste, was ich von ihnen brauche, ist eine

Unterschrift auf ein paar dieser Blätter." Sie fuhr ihm kurz durch die Haare. „Ich bin ziemlich sicher, dass ich die Antwort darauf bereits kenne, aber ich muss dich fragen. Willst du hier bei Chloe und Harper bleiben? Ist es okay für dich, dass Mr. und Mrs. Stone deine Eltern ..."

„Ja." Carter stieß das Wort aus, bevor sie die Frage auch nur beendet hatte. Er nickte wie ein kleiner Vogel am Futterhäuschen. „Ich mag sie. Und Chloe und Harper. Ich will bei meinen Schwestern sein."

Jennifer faltete die Hände, eine zufriedene Miene stand auf ihrem Gesicht. „Na dann, lass sie mich mal kurz entführen."

Sie stand auf und ging rasch hinüber zur Mücheninsel. Einen Augenblick später hatte sie ein paar Papiere ausgebreitet und gab Ivy einen Stift. „Genauso wie Sie für Chloe und Harper unterschrieben haben. Die Übertragung der Familienrechte und die volle Adoption. Wir werden das bei Gericht einreichen müssen, darum werden die offiziellen Papiere in vielleicht sechs Monaten kommen, aber es gibt keine Familie, die Ihre Rechte an ihm anfechten kann. Die Wartezeit haben Sie bereits hinter sich. Es gibt keinen Grund, einen von euch noch länger warten zu lassen."

Die Papiere waren vertraut, und Ivy beeilte sich, ihren Namen anzufügen.

Walker folgte ihr, dann nahm er Ivy an seine Seite. „Das ist es?"

„Das ist es", sagte Jennifer fröhlich, lächelte Carter an. „Du bist jetzt offiziell ein Mitglied der Familie Stone."

Er blinzelte, neigte das Kinn und starrte auf den Tisch. Selbst ein paar Schritte entfernt konnte Ivy seine geröteten Wangen sehen, und die Tränen, die sich lösten. Chloe legte die Arme um ihn und drückte ihn fest.

„Wir haben dir einen Snack gemacht", setzte Harper

Jennifer in Kenntnis, zerrte an ihrem Ärmel und hielt eine bunte Tüte voller Cornflakes hin. „Wir feiern."

„Da möchte ich wetten", sagte Jennifer freundlich, während sie das Geschenk annahm. „Lasst mich das für unterwegs mitnehmen, wenn es euch nichts ausmacht. Ich muss heim zu meinem kleinen Mädchen."

„Danke, dass Sie das alles so rasch geregelt haben", sagte Walker, der kam, um sie an die Tür zu bringen.

„Natürlich." Jennifer schlüpfte in ihre Schuhe und zog die Tür auf. „Ich melde mich diese Woche mit Ihren Kopien aller fertigen Dokumente, die ich bis dahin habe. Außerdem werde ich Stephanie kontaktieren und sehen, was Sie von Carters Sachen abholen können."

„Fragen Sie, ob sie Besucher empfängt, bitte?" Ivy schaute zu Carter. „Ich bin sicher, er würde gern selbst sehen, ob es ihr gut geht."

Jennifer nickte. „Mache ich. In der Zwischenzeit gratuliere ich. Und vielen Dank. Ich freue mich, dass Carter Sie hat."

Als Jennifer weg war, wirkte das Haus seltsam still. Ivy lehnte den Kopf an Walkers Brust, sein Arm lag um sie und drückte sie fest.

Dabei schauten sie ihre Familie an – jetzt fünf.

Freude war als Wort nicht groß genug für das, was sie empfand.

EPILOG

Sechs Wochen später

Blut strömte aus Carters Nase, doch seine Miene sagte, dass er stolz war und keine Angst hatte. „Alles ist toll gelaufen, bis dieser Ast gebrochen ist", erklärte er begeistert.

Walker kämpfte gegen ein Grinsen an, dann dachte er sich, *ach, egal.* „Du hattest Glück, dass du dir den Arm nicht gebrochen hast", setzte er seinen Sohn in Kenntnis, drückte sein Taschentuch an Carters Nase, um die Flut zu bremsen. „Du hattest Glück, dass deine Schwestern dir nicht gefolgt sind."

Carter zuckte mit den Schultern. „Chloe sagt, auf Bäume klettern, ist für Eichhörnchen. Und Harper hat es letzte Woche schon gemacht."

Allmächtiger Gott. „Aber natürlich."

Die drei Kinder steckten stets zusammen, aber jedes von

ihnen erwies sich als ganz unterschiedlich. Walker kam nicht darüber weg und wollte es auch irgendwie nicht. Jeden Tag entdeckte er, wer sie waren, und wohin sie unterwegs waren, und es war ein Wunder für ihn.

Obwohl er fürchtete, dass Harpers furchtloses Wesen ihm vor seinen Brüdern graue Haare verschaffen würde. Bisher hatte Walker entdeckt, wie sie am Dachrand des Pferdestalls entlang ging, auf dem Geländer des Reitplatzes Drahtseil lief und aus ihrem und Chloes Zimmerfenster kletterte, um eine Spinne zu retten.

Ivy hatte einfach gelächelt und gesagt: „Man könnte meinen, sie hätte deine Gene, Dynamite."

Süße Erinnerungen sammelten sich bereits an.

Carters Großmutter war immer noch nicht wieder auf den Beinen, aber sie hatten Carter und die Mädchen auf einen Besuch zu ihr gebracht. Stephanie schien nicht sonderlich interessiert an Zeit mit ihrem Enkel zu sein, aber es hatte sie wohl berührt, dass Ivy und Walker daran gedacht hatten, vorbeizukommen.

Wer wusste schon, was in der Zukunft geschah? Aber vorerst war es das Richtige, in Kontakt zu bleiben.

Carter lehnte sich an Walker, rümpfte die Nase, während er sich Schmutz von den Armen rieb. „Gehen wir trotzdem noch zu Oma Sophie und Opa zum Abendessen?"

„Glaubst du, das kriegst du hin?", fragte Walker, nur um zu sehen, was der Junge sagen würde.

Sie waren gerade mal einen Monat offiziell eine Familie zu fünft. Walkers ganze Familie, und die von Ivy, waren völlig außer sich gewesen, als sie verkündet hatten, dass Carter sich auch dem Clan angeschlossen hatte.

Der Junge hatte die Liebe von ganzem Herzen erwidert, besonders, wenn es darum ging, andere Kerle um sich zu haben. Ivys Vater war ein großer Hit gewesen, genauso Walkers Brüder, besonders Dustin.

Jetzt nickte Carter heftig, schob das Taschentuch zur Seite, dann überprüfte er mit den Fingern seine Nasenlöcher. „Es hat aufgehört. Ich will sie echt gern treffen. Und Tante Roses Freund. Er soll doch so einen coolen Akzent haben."

„Habe ich gehört." Roses Date von der jährlichen Junggesellenversteigerung hatte die Aufmerksamkeit der ganzen Familie auf sich gezogen. Es wirkte sehr viel ernster als mit ihren vorherigen Freunden. Darum die Einladung zum Familienessen.

Walker schaute sich seinen Sohn an, bewunderte die Schicht aus Schmutz und Staub. Er hätte schwören können, das Kind wäre vor einer halben Stunde noch sauber gewesen. „Geh dich waschen. Dann schau bei deiner Mom vorbei. Sie hat vielleicht noch Pflichten für dich, bevor wir gehen."

„Okay." Carter lief los.

Walker schlüpfte vorsichtig ins Haus, war bereit, das Blut auszuwaschen, bevor es jemandem auffiel.

Da gab es keine Chance. Ivy stand an der Kücheninsel, musterte Chloe, die sorgsam Plätzchen auf ein Backblech legte, damit sie gebacken werden konnten.

Sofort sah Ivy die schmutzigen Beweise. „Sind die Glieder noch alle halbwegs dran?", fragte sie.

„Seine Nase hat was abbekommen, aber er ist in Ordnung", versicherte ihr Walker, bevor er seine Aufmerksamkeit auf sein mittleres Kind lenkte. „Hmmm. Da riecht was gut. Kriege ich eins?"

„Mommy und ich machen Omas Lieblingsplätzchen." Chloe legte den Spatel ab und hob eines der Zuckerplätzchen auf, das auf dem Blech abkühlte. Sie kam näher und bot es ihm an. „Das ist für dich, Daddy."

Er glaubte nicht, dass die Begeisterung darüber, diesen

Titel zu hören, jemals nachlassen würde. Nicht für ihn, nicht für Ivy. „Ganz besonders für mich?“

Sie nickte und spähte zu Ivy, und als sie dann sah, dass ihre Mom das Backblech in den Ofen schob, legte Chloe eine Hand an den Mund und flüsterte: „Das habe ich extra groß gemacht.“

„Genau, wie ich sie mag. Danke, Kätzchen.“ Er zwinkerte ihr zu.

Ivy beobachtete sie, ihr Lächeln sanft, ihre Freude deutlich zu sehen. „Gehst du schnell duschen, bevor wir rüber zum Haus meiner Eltern fahren? Es ist noch Zeit.“

„Gute Idee.“ Nach ihren Pflichten draußen? Auf jeden Fall.

Er blieb unterwegs stehen, um zu sehen, was ihre Jüngste vorhatte.

Er fand Harper im Lesezimmer, das nach draußen schaute, ihr Rücken zum Gang gerichtet. Sie hatte Spielzeug in einer Reihe aufgestellt, auf dem Sofa und dem Fußsessel – Plüschtiere, Puppen, Raumfahrer.

„Das ist deine Familie. Siehst du?“ Harper hob einen abgenutzten Elch hoch und ließ ihn die anderen einen nach dem anderen begrüßen. „Das sind Omma und Oppa. Tante Tansy und Tante Rose und Tante Fern. Onkel Caleb und Tante Mara.“

Sie ging jeden in der Familie durch, und ihr entging kein einziger.

Walker beobachtete sie ganz bis zum Ende und schlüpfte dann ungesehen weg, voller Verwunderung.

Es gab einen Augenblick, bevor sie alle durch die Tür zum Abendessen verschwanden. Ivy hatte gerade geholfen, Harper ihre Jacke anzuziehen. Ihre Jüngste sang wie üblich. Carter rollte sich auf dem Boden herum, gab etwas von sich, von dem Walker annahm, dass es Bullengeräusche waren. Chloe hielt die Tüte mit den frischgebackenen Plätzchen mit Stolz in den

Augen, ein Lächeln auf den Lippen, während sie ihren Bruder beobachtete.

Walker hielt Ivys Jacke für sie hin. „Hast du dir vorgestellt, dass es so sein würde?", fragte er leise.

Sie legte einen Arm um ihn und drückte ihn fest, ihr Blick huschte über ihre Familie. „Es ist so viel mehr, als ich mir erträumt habe", gab sie zu. „Das Beste daran ist, dass ich alles davon jeden Ausblick mit dir genießen darf." Ihre Augen funkelten. „Ich liebe dich."

„Ich liebe dich auch." Er grinste und nahm ihren Kuss freudig entgegen, die Kinder tummelten sich an ihren Beinen. Das Chaos und die Liebe des Augenblicks waren strahlend und reichhaltig.

Nachdem er den Kuss gelöst hatte, flüsterte Ivy die einzigen Worte, die immer noch gesagt werden mussten. „Allerdings glaube ich, dass wir vielleicht einen Hund brauchen."

Walker warf den Kopf in den Nacken und lachte.

Familie, für alle Ewigkeit.

~

New-York-Times-Bestseller-Autorin Vivian Arend lädt ein nach
Heart Falls. Nachdem die Geschichte endet, geht ihre Geschichte
weiter. Diese Reihe aus Vignetten und Novellen spielt in der Welt
von Heart Falls und lässt Paare und andere Nebenfiguren von früher
auftreten.

~

Heart Falls Vignetten & Novellen

Drei Hochzeiten und ein Baby

Mädelsabend

Roses Nacht für immer

Ferns Schicksalsbegegnung

Heiße Zeiten in Heart Falls

~

Vivian lässt derzeit ihre vielen Serien übersetzen. Bitte besuchen Sie
deren Website für alle aktuellen Informationen.

www.vivianarend.com/de

ÜBER DIE AUTORIN

Mit über 3 Millionen verkauften Büchern ist Vivian Arend eine *New York Times*- und *USA Today*-Bestsellerautorin von mehr als 70 zeitgenössischen und paranormalen Liebesromanen.

Ihre Bücher lassen sich alle einzeln lesen und haben keine Cliffhanger. Sie sind witzig, aber auch emotional, es gibt heiße Szenen und glückliche Enden. Für Vivian ist das der beste Job der Welt. Sie lebt in British Columbia, Kanada, zusammen mit ihrem langjährigen Mann – der Inspiration für alle Helden ist und ein bereitwilliger Gefährte auf Abenteuern aller Art.

www.vivianarend.com